AF285220

Charlotte Camp

WO

DIE

EWIGKEIT

ENDET

Buch 15

Mystery - Thriller

Zum Buch

Es war einmal – so beginnen viele Märchen und Sagen.
Doch ihre Vergangenheit beginnt in der Zukunft – so
unendlich weit entfernt und unerreichbar für sie.
Denn 3000 Jahre trennten sie von ihrem Leben.
Sie konnten sich nicht damit abfinden, niemals mehr in
diese – ihre Zeit zu gelangen.

Zur Autorin:

Nach einem turbulenten Leben,

in selbst gewählter Ruhe und Abgeschiedenheit,

in einem kleinen Harzdörfchen,

widmet sie sich nun ausschließlich ihrem Hobby,

dem Schreiben utopischer Abenteuer Romane

und Mystery - Triller

Bisher erschienene Bücher:

Tor zur Ewigkeit	Band 1
Sternenstaub	Band 2
Am Rande der Zeit	Band 3
Tödliches Verlangen	Band 4
Zwischen den Welten	Band 5
Der Gesichtslose	Band 6
Hinter dem Regenbogen	Band 7
Schwarze Sonne	Band 8
Die weiße Sklavin	Band 9
Satans Erben	Band 10
Satans Rache	Band 11
Herrin der Welt	Band 12
Die verschwundene Zeit	Band 13
Fenster ins Jenseits	Band 14
Wo die Ewigkeit endet	Band 15

alle unter: http://www.meine-buch-ideen.de

Inhalt:

Kap. 1: Verdammt zum Leben   S.   7

Kap. 2: Der Höllenfürst   S.   13

Kap. 3: Ohne Erbarmen   S.   49

Kap. 4: Die Lebenden und die Toten   S.   52

Kap. 5: Jenseits des Tales   S.   64

Kap. 6: Das finstere Tal   S.   69

Kap. 7: Im Fieber der Aufrüstung   S.   91

Kap. 8: Trügerische Freiheit   S.   99

Kap. 9: Zeugen der Vergangenheit   S.   114

Kap. 10: Das Bekenntnis   S.   122

Kap. 11: Regenbogen zum Himmelstor   S.   138

Kap. 12: Die Liebeslaube   S.   164

Kap. 13: Das Erwachen   S.   174

Kap. 14: Die Zeitreise   S.   183

Kap. 15: Land unter   S.   189

Kap- 16: Der Wüterich   S.   202

Kap. 17: Das letzte Rendezvous   S.   214

AUS

DER TIEFE

DER ZEIT

Kap. 1: Verdammt zum Leben.

Ich lebe - aber wie kann das sein?
Benommen öffnete ich die Augen, sah den unendlichen
Himmel über mir, sah die Wolken ziehen.
Ein Rauschen im Kopf, ein wahnsinniges Rumoren im Leib.
Der Schädel schien zu bersten. Was ist geschehen?
Ich war nicht allein. Mein erster Blick richtete sich auf
meinen Liebsten neben mir, Er wandt sich stöhnend in
qualvollen Albträumen.
„Wach auf Liebster, komm in die Wirklichkeit zurück",
krächzte ich und strich ihm sanft über das Gesicht.
„Wir leben noch - aber wie ist das möglich?
Waren das womöglich gar nicht die Zyankalikapseln?"
„Ich fürchte die Pillen haben versagt und im Zeitkanal ihre
totbringende Kraft verloren. Nun müssen wir weiterleben
auch wenn es sich nicht mehr lohnt. Der Albtraum wird
weitergehen, immer weiter, bis wir eines Tages wahnsinnig
werden!"
„Sind wir nicht schon wahnsinnig, was machen wir hier
oben auf dem Berge, als hockten wir auf einem fremden
Planeten, der sich in der falschen Umlaufbahn bewegt und
wir nur im Traum - Zeit und Raum bewältigen können".

Der Anfang der Zeit war mit dem Ende verschmolzen, es
gab keine bestimmten Zeitepochen mehr, alles war
zugleich und durcheinandergewirbelt.

Die Zeit hatte aufgehört zu fließen. Aufgewühlt bis ins Mark, erhoben wir uns von unserem harten Lager auf dem kalten Felsen, des Felsens der unser Grabmal sein sollte. Hoch im Berge, von dem wir in die Ewigkeit schweben wollten. Doch unser Plan, dem elenden Leben ein Ende zu bereiten, war kläglich gescheitert.

Ein neuer Tag, ein neues Leben begann, doch nichts würde sich ändern. So würden wir uns endgültig abfinden müssen, mit den Wölfen heulen und uns an die skurrilen Zeitsprünge gewöhnen, in der Tiefe der Zeit - lange vor Christi Geburt gefangen. Gelegentlich sprang die Zeit viele tausend Jahre voraus, gönnte uns einen kurzen Blick in die Zukunft, aus der wir einst gekommen und durch Justins teuflische Machenschaften nun hier auf Gedeih und Verderb festsaßen.

Der Junge, unser verschollenes und wiedergefundenes Söhnchen, das aus der Zeit gefallen und seitdem - so langeschon zwischen den Welten vegetierte, hatten wir endlich in einer mystischen Zwischenwelt wiedergefunden. Doch unsere Freude währte nicht lange, denn bald mussten wir erkennen, dass er nicht Wirklich war. Er lebte quasi als Geist in unserem Haus - gehörte längst zu unserem Alltag und täglichem Leben.

Ebenso wie die zahlreichen Untoten und Zombies, die unhaltbar aus dem Jenseits strömten, nach wie vor ihr Unwesen trieben und für Chaos und Unfrieden sorgten. Der normale Zeitablauf war gestört und aus dem

8

Gleichgewicht geraten. Sommer und Winter wechselten im wahnsinnig rasender Folge. Doch nicht nur die Jahreszeiten, sondern gewaltige Zeitepochen, vieler Jahrhunderte, ja gar tausende von Jahren der Vergangenheit und Zukunft, purzelten durcheinander. Keiner wusste, was im nächsten Moment geschehen würde. Wir selbst hatten dieses Chaos unwissend herbeigeführt, als wir unserem Söhnchen, den verschlossenen Felsspalt, das Fenster zum Jenseits, wie wir es nannten, mit Gewalt öffneten und den Kleinen somit aus der Zwischenwelt retteten; damit jedoch den Weg für alle anderen verlorenen Seelen freisetzten und eine Flut aller Untoten auslösten. Ein Countdown unvorstellbaren Ausmaßes, eine nicht wieder rückgängig zu machende Invasion.

Das alles begann, nachdem ich hinter der fensterartigen Öffnung im Berg, auf unerklärliche Weise, unser verschwundenes Kind entdeckt hatte und wir kopflos einen Zugang öffneten, der besser für alle Zeit verschlossen geblieben wäre. Somit hatten wir dem lieben Gott ins Handwerk gepfuscht und umgehend die Strafe dafür erhalten.

Nun mussten wir die Folgen tragen und damit leben. Denn mit der Öffnung der Barriere, strömte ein heimtückisches Gift, ein Luftgemisch mit verheerender Wirkung, wie giftige Lava aus einem Vulkan, welche unsere bis dahin heile Welt verseuchte und die Zeit durcheinander wirbelte. Nichts war mehr wie vorher. Die Ordnung des Zeitenstroms gab es nicht mehr, was uns in tiefste Verwirrung stürzte.

Eine mysteriöse Zwischenwelt – eine andere Ebene, von der keiner wusste. Auch ich hatte sie betreten, kurz nur, irrsinnig vor Grauen. Der starke Sog hatte mich hineingezogen. Was ich dort sah, ließ mir das Blut in den Adern gefrieren. Sonne Mond und Sterne waren zugleich am Himmel zu sehen. Es flackerte wie ein Blitzlichtgewitter, zwischen Dunkelheit und grellem Sonnenlicht. Zwischen den kahlen Bergen, den eisigen Höhlen, die wie Grabstätten anmuteten, war Nichts, nur raue Wildnis. Weder von Straßen noch von Behausungen unterbrochen. bei Gott, kein einladender Hort mit weichen Betten, molligen Felldecken und Kissen. Kein vertraulich flackerndes Kaminfeuer in behaglichen Katen.

Nichts dergleichen existierte. Nur Wildnis und orkanartige Stürme, die mir um die Ohren pfiffen und die Sinne raubten. Eine Welt wie in einem Horrorfilm. Kurz, keine angenehmen Lebensbedingungen.

Zum Glück schleuderte mich der starke Wirbel wieder zurück, als er mich erneut erfasste. Auch zog mich der Strom der Fliehenden mit sich und drängte mich durch die neuerschaffene Öffnung zurück in meine Welt.

Dem Wahnsinn nahe, fand ich dort mein Söhnchen, das in Ungeduld auf mich wartete.

„Wie nur gelangte der unschuldige Kleine zwischen die auf

ewig verlorenen Seelen, in diese trostlose Zwischenwelt?"
fragte ich später meinen Liebsten.

„Ich habe nur eine Vermutung. Denn wie mir scheinen will,
sind es vorwiegend die mutigen - Cleveren, der auf ewig
Verdammten aus der Höhle der zeitlosen Ewigkeit, die sich
nicht abfinden konnten und einen Weg durch einen
geheimnisvollen Nebenstollen, also den Zugang zu dieser
Scheinwelt fanden."

„Zugegeben, ist es eine Häufung von versagten Existenzen,
von Bettlern, Jägern, Kaufleuten und Mordgesindel, die
unser Camp nun stürmen und überströmen."

„Weis Gott keine angenehme Mischung die unseren
Lebensraum überflutet!"

„Glaub mir meine Süße, das wird noch zu so manchen
Krawallen und Aufständen führen, wenn nicht gar zur
Rebellion der Einheimischen!"

Diese Worte gesprochen vor 9 Jahren, hatten sich
bewahrheitet und uns zermürbt.

Die irrgläubigen Heiden, die wir als unsere
Schutzbefohlenen ansahen, hatten uns als Halbgötter
erachtet - angebetet und verehrt. Doch ohne die
Errungenschaften der neuen Zeit, die wir nicht mehr
erreichen konnten, war uns nicht viel von unserer Macht
und vermeidlichen Zauberkraft geblieben, außer den
Gaben, jederzeit auf wundersame Weise, aus dem Nichts
ein Feuer zu entfachen, so wie ohne große Umstände, die
Schwärze der Nacht zu erhellen, mit unseren letzten

Relikten der Errungenschaften der Zivilisation, wie einem Feuerzeug und einer Taschenlampe. Ebenso ohne Berührung durch Pfeil, Speer oder Lanze zu töten, mit Schusswaffen wie einem Gewehr und Pistolen, was ihre Vorstellungskraft übertraf und sie erschreckte.

Doch außerdem, war uns nichts Göttliches geblieben.

So konnten und wollten wir keine Götter mehr sein.

Justin, fanden wir bei unserer Rückkehr in blühender Jugend, kraftstrotzend und selbstbewusst vor.

Durch welchen Umstand er ausgerechnet in die Tiefe vorchristliche Zeit gelangte und blieb, sollte für immer ein Rätsel bleiben.

Justin, unser einstiger Weggefährte so vieler Jahre. Justin der Tüftler und Erfinder der sich selbst spaßhaft als Daniel Düsentrieb bezeichnete.

Nun ja, er war ein Alleskönner, immer auf der Suche nach neuen Herausforderungen, witzig, charmant, spöttisch, doch auch listig und hinterhältig, wenn es galt, sein Ziel zu erreichen. Sein Ziel war nun, als alleiniger Herrscher über unser kleines Reich zu gebieten. Doch viel mehr war sein Ansinnen, künstliches Leben nach seinen Vorstellungen zu erschaffen. Künstliches Leben zu erzeugen war nichts anderes, als ein menschliches Wesen im Reagenzglas zu züchten. Nicht irgend - Eines, sondern ein Wesen aus meinen Genen, mit meiner DNA ausgestattet. Zudem benutzte er eine geheime Formel, welche er in endlosen Nächten ausgetüftelt hatte. Denn dieses Geschöpf sollte nicht älter, als vierzig Jahre, in ewiger Jugend blühen, also unsterblich sein. Ein Geschöpf – nur Ihn zu erfreuen.

Doch das allein war nicht sein Ziel. Uns, die lästigen Eindringlinge in sein Reich, insbesondere Günter, meinen

Liebsten, den er als Störenfried und Rivalen sah, wollte er aus dem Weg haben und vernichten.

Doch diese Erkenntnis traf uns unvorbereitet.

In ungläubigem Staunen zunächst, registrierten wir die Veränderung, die in ihm vorgegangen war, denn sein Auftritt übertraf alles Vorhergegangene bei weitem.

So erlebten wir einen fanatischen Irren, der sich mit Gott maß, der die Zeit stoppte und uns somit die Zukunft nahm.

Justin der blonde Schönling, der sich selbst erhoben hatte über das unwissende Volk, als mächtiger, allwissende Gott über seine Untertanen, die ihm hündisch ergeben waren.

Eine maßlose Übertreibung – Blasphemie.

Von Irrsinn übermannt, war er schon immer ein überheblicher Spinner. Dennoch schockierte uns jetzt sein Auftritt.

„Er ist wahnsinnig geworden und äußerst gefährlich, glaubt wahrhaftig ein mächtiger Gott zu sein." warnte mich Günter. „Wir müssen ihm Einhalt gebieten und ihn aus dem Verkehr ziehen bevor etwas Schreckliches geschieht!"

Doch er kam uns zuvor, ehe wir handeln konnten.

Eine entsetzliche Gräueltat, die seinem kranken Hirn entsprang und teuflischer nicht sein konnte, versetzte uns in tiefe Verzweiflung, denn seine Rache war fürchterlich, durch keine Arglist und Boshaftigkeit zu überbieten, eine Gräueltat die uns völlig aus der Bahn warf.

Denn er versperrte uns den Weg in unsere Zeit.

In einer Nacht und Nebelaktion ließ er das Höhlentor, den

Zugang zum Zeitkanal zumauern. So waren wir gefangen in der alten Zeit. Alle Versuche die Mauer zu zerstören, misslangen. Doch was nutzte uns nun, Ihn gefangen im Kerker zu wissen, das Unheil war geschehen und zwang uns in der verhassten Tiefe der Zeit zu vermodern.

„Verdammt sei dieses Tal am Berge, verflucht sei Justin, diese Ausgeburt der Hölle", zischte Günter hasserfüllt, „wir hätten bei den alten Germanen an der Elbe bleiben sollen, wo die Zeit weiterläuft und wir keine Gefangenen sind."

„Das aber hier ist meine Heimat, meine Wiege, wenn auch erst in 3000 Jahren, so sind doch hier meine Wurzeln. Hier wollte ich mit dir leben bis in die Ewigkeit."

„Ich auch Liebster - ich auch," hauchte ich mit tränenerstickter Stimme.

Obgleich wir nach Justins Verbannung, sein Labor abbrennen ließen, im Glauben damit all seine irren Teufeleien und Wahnvorstellungen vernichtet zu haben, mussten wir bald erkennen, dass alles vergeblich war. Denn schon bald sah ich mit Entsetzen das Produkt seiner Ankündigung.

Ich glaubte meinen Augen nicht zu trauen. Ein goldiges Püppchen, munter und äußerst lebendig auf seinen Schultern balancierend, drehte er - Justin, seine Runden. Noch war es geheim, denn er sah mich nicht.

So war es ihm doch gelungen. Er hatte uns ausgetrickst, mit Hilfe seiner treuen Liebesdienerin.

Es war einmal – so beginnen viele Märchen und Sagen. Doch unsere Vergangenheit beginnt in der Zukunft - so unendlich weit entfernt und unerreichbar für uns.

Wir hatten uns inzwischen damit abgefunden, niemals mehr diese, unsere Zeit zu betreten und diesem unwürdigen, sinnlosen Dasein ein Ende zu bereiten.

Doch uns waren so viele Jahre zusammen gegönnt, wir hatten unser Leben gelebt und genossen.

Nun jedoch, gab es nichts mehr, wofür es sich zu leben lohnte. Unser Versuch, dem ein Ende zu bereiten und aus dem Leben zu scheiden, war kläglich misslungen. Verloren und wie Schneeflocken durcheinandergewirbelt, die Welt erschütternd, utopisch, unwirklich. Teuflisch grinsend, erdrückend lastete das Schicksal auf unseren Schultern.

Doch ich konnte und wollte mich nicht gänzlich abfinden! Das Phantom in Gestalt eines Unholdes, der unsichtbar wie ein Geist immer weiter sein Unwesen trieb, musste aufgehalten und friedlich gestimmt werden.

„Du hast doch noch immer eine gewisse Macht über ihn, wenn du nur willst Liebes", spornte mich mein Liebster an.

„Ja - vielleicht, ich werde es versuchen!"

In seinem ehemaligen Schlafgemach, suchte und fand ich die verschlüsselte Formel ewiger Jugend und Unsterblichkeit, die zu lösen ich vergeblich versuchte.

So schluckte ich meinen Stolz und machte mich auf den Weg zu dem Monster, das die Welt ausgeschaltet hatte.

Eine Hassliebe, die noch immer in mir brannte, verlieh mir

Flügel. Doch was ich dort vorfand, erschütterte mich zu tiefst.

Eine erdgewordene Göttererscheinung, nein - eher eine Sirene, jugendlich, reizvoll, umwerfend.

Atemberaubend wild, mit blitzenden Augen trat sie mir, hochmütig auf mich herabblickend entgegen.

Anstelle eines einladenden Lächelns, verzog sich das liebliche Antlitz zu einer hässlichen Maske.

Einen Moment erkannt ich meine Gesichtszüge in ihr, bis der Hass ihr Gesicht entstellte.

Ich komme in Frieden, wollte ich sagen und streckte freundschaftlich eine Hand nach ihr aus, doch ich kam nicht zu Wort.

„Was wollt ihr, ich habe nicht nach euch geschickt, ich bedarf eurer Dienste nicht. Also verschwindet, geht mir aus den Augen!"

„Du bist eingebildet - überheblich, eine verzogene Göre, hast ein loses Mundwerk, ich sollte dich ohrfeigen", brach es aus mir heraus.

„Ba - keiner wagt es die Hand gegen mich zu erheben und so eine wie ihr schon gar nicht!"

Impulsiv holte ich aus und schlug mit alle Kraft in das freche Gesicht, einmal - zweimal.

Ihre Reaktion allerdings war anders als vermutet.

Sie schlug nicht etwa zurück, beschimpfte mich nicht mit unflätigen Worten. Nein, sie heulte wie ein Kind, das sie ja offenbar noch war, fasste sich ungläubig an die Wange und rannte brüllend davon.

Das Gebrüll rief Justin auf den Plan, der aufgeschreckt um die Hausecke trat.

„Was ist hier los, was geht hier vor?" Polterte er, verständnislos den Kopf schüttelnd.

„Carla du hier, was verschafft mir die Ehre deines seltenen Besuches?"

„Ach Justin, ich wollte doch nur…" stammelte ich.

Aus der Fassung gebracht, suchte ich nach passenden Worten.

„Ich komme um Frieden zu schließen, diese dumme Fehde muss ein Ende haben!"

„Oh – ja ganz meiner Meinung, ich bin jederzeit bereit. So komm in meine bescheidene Behausung, lass uns reden!" sagte er versöhnlich und zog mich mit sich in die Hütte.

Was dann geschah, lockerte zwar unsere gestörte Beziehung, führte jedoch zu keiner Lösung. Denn er beteuerte, nichts an dem zugemauerten Zeitkanal ändern zu können.

„Das Material, welches ich verwendet habe, ist unzerstörbar!" betonte er ernsthaft.

Er stellte sich dumm und machtlos, verhedderte sich in Ausflüchte und genoss sichtlich die Macht die er über mich hatte. Zudem stellte er seinerseits Forderungen, unter anderem den Einzug in das Herrenhaus, das wir jetzt bewohnten, in das jedoch er, seiner Meinung nach, hingehörte.

„Ich habe das Haus für uns gebaut!" Betonte er nachdrücklich.

„Wozu sollte ich auf diesen Deal eingehen, wenn du nicht Willens bist, unsere missliche Lage zu beenden," setzte ich hitzig entgegen.

„Nun vielleicht könnte ich doch dieses oder jenes für euch bewerkstelligen, wenn du mir ein wenig entgegen kommst", bemerkte er grinsend.

So kam es wie es kommen musste... Ich ergab mich und erlag seinem Charme und Verführungskünsten.

Ein paar Minuten, nach dem Rausch von Liebesgesäusel und heißen Schwüren im Moment der Lust geäußerte Worte verflogen wie Wind.

Denn außer einem Beutel begehrter Fressalien, kulinarischer Genüsse, die wir lange vermissten, Konserven aller Art, welche er heimlich hortete, Erniedrigung und Gewissenskonflikten, brachte mir dieser unselige Tag nichts. Alles blieb wie es war.

Die schnell wechselnde, unbeständige Witterung spielte uns so manchen Streich. Petrus pfuschte uns gewaltig ins Handwerk, verdarb nicht selten das empfindliche Getreide und wir mussten in aller Eile nach säen.

Von der Sorge getrieben, was der nächtliche Hagelsturm im Felde und Gemüsegarten angerichtet hat, begab ich mich zeitig auf den Weg aus dem Dorf. Der Palisadenzaun war an einer Stelle niedergetreten.

Eine Rotte Wildschweine oder Wandalen? Noch herrschte himmlische Ruhe. Einzig der Turmwächter war im Begriff, seinen langweiligen Dienst auf seiner Warte anzutreten. Ärgerlich besah er sich mit mir den Schaden und suchte nach Spuren der nächtlichen Störenfriede.

„Ich werde es mal wieder richten müssen", klagte er mürrisch und machte sich schimpfend - umständlich ans Werk.

„Nun - ein bisschen körperliche Betätigung wird dir gewiss nicht schaden", bemerkte ich, augenzwinkernd ihm zunickend und setzte meinen Weg fort.

Die Saat war gut aufgegangen, doch das Unkraut hatte überhandgenommen. Während ich sinnend das frische Grün, dass aus dem fruchtbaren Boden spross, betrachtete, nährten sich bereits die ersten Feldarbeiterinnen. Mit Hacken bewaffnet, stürmten sie das Feld, gefolgt von unserem guten Diener Jonny, der die Mägde wortreich einwies, unterbrochen von einem lächelnden Nicken, als er mich erblickt.

Jonny der dunkelhäutige Mann, der nicht nur respektiert, sondern von allen gefürchtet wurde, denn in Wahrheit war er längst der unumschränkte Stammesführer, umsichtig und gewissenhaft, entging ihm nichts im Lager. Alsbald vertieften sie sich in ihre Arbeit. Ich stand allein am Feldrand und schaute ihnen gedankenversunken zu.

Grelles Licht blendete mich plötzlich. Es sauste in meinem Kopf. Unerträglicher Lärm, nein Musik wie dieser Lärm genannt wurde, dröhnte aus verborgenen Lautsprechern. Um mich herum eilten Menschen, geschäftig ihre Einkaufswagen füllend. Ich war urplötzlich im großen Einkaufscenter des 21.Jahrhunderts, überdacht von einer gewaltigen gläsernen Kuppel, so groß wie ein Dorf.

Oh – ich kannte es genau, galt Ihr doch mein Sehnen vieler Jahre in tiefster Vergangenheit.

Ich lief in aller Hast zwischen den Regalen entlang. Stopfte meinen Korb voll bis er überquoll. Welch ein unerwartetes Schlaraffenland. Nun musste mein Umhang herhalten. Auch der war bald gefüllt. Ich knotete die Enden zusammen, nicht achtend, die abschätzenden Blicke der anderen Kunden.

Eile dich Carla, jeden Moment kann der Spuk vorüber sein. Doch was ich bei mir trug war mir sicher. Alles gab es in Fülle, was ich über 10 Jahre so schmerzlich vermisste, welch ein Übermaß an Luxus. Ich kann so viel brauchen. Oh wenn der Laden doch nur für ein paar Stunden bleiben würde. So konnten wir uns mit allem Nötigen und so lange Entbehrtem eindecken. Das wichtigste sind Sämereien auserlesener Sorten, Obst, Gemüse und Brote.

Wie nützliche wäre eine Getreidemühle. Wo war doch noch die Apotheke mit Penizillin, Desinfektionsmitteln, sterilen Spritzen und… Nun beweg dich doch schneller altes Mädchen, dachte ich vor Ungeduld bibbernd, jeder

Handgriff kann der letzte sein.

„Nein, nicht erst lange einpacken, verdammt noch mal, ich bin in großer Eile", fuhr ich die Verkäuferin an.

Nun noch die Eisenwaren und Sportabteilung aufsuchen.

Am Ende der Kaufhalle entdeckte ich Jonny, der suchend nach mir Ausschau hielt. Jonny der umsichtige Helfer in allen Lebenslagen. Auch er wusste das große Eile geboten war.

„Jonny, einen Stromerzeuger - wir müssen noch einen Generator besorgen, Fahrräder und einen Anhänger mit Gummibereifung und..."

Ich brüllte so laut durch den Laden, das alle erstarrten und mich strafend anglotzten, doch das kümmerte mich nicht.

Ich hastete kopflos durch die verstopften Gänge, prallte an Einkaufswagen, holte mir blaue Flecken und blutige Schrammen, während ich mich voran kämpfte und lief Jonny entgegen, nur von dem einzigen Trieb besessen, diese einmalige Gelegenheit zu nutzen. Auch Jonny drängte sich mühsam durch die Menschenmassen.

Offenbar hatte er mich nicht verstanden.

Doch die Menschen, eben noch in moderner Kleidung der neuen Zeit, verwandelten sich urplötzlich in Wesen der Bronzezeit. Aus T-Shirts und Jeans, erwuchsen lange graue Gewänder. Hilflos streckte ich die Arme aus, die Ernüchterung traf mich brutal.

Jonny stand verwirrt am Rande des Feldes, mit dem Rücken zu den Weibern, die eifrig im Erdreich hackten und das Unkraut jäteten, auf dem Acker der an meinem Garten grenzte.

Hatten sie nichts von der Verwandlung - dem Zeitsprung bemerkt? Oder waren sie so abgestumpft, dass sie alles als Göttliche Fügung hinnahmen?

Doch oh Wunder, mein Korb und Umhang waren prall gefüllt mit köstlichen Dingen, die es hier noch lange nicht geben würde. Ich hatte sie tatsächlich in die alte Zeit retten können. Wenn auch nur Lebensmittel, Samen und Arzneien und die so begehrte Handmühle. So würden sie uns doch eine Weile das Leben versüßen und die Sinne erfreuen.

Ein neuer Erdenbürger hatte sich angekündigt. Ich wollte, neben anderen wissenden Weibern als Hebamme fungieren, um ein gewisses Maß an Hygiene einzuhalten. Wenn alles gut lief, brauchte der überlastete Günter, mein Liebster, nicht hinzugezogen werden.

Mit sauber geschrubbten Händen und reinen Tüchern, begab ich mich eilig auf den Weg zu den Hütten der Eingeborenen. Ich wollte keinesfalls zu spät kommen, denn die Gefahr des Kindbettfiebers, durch mangelnde Reinheit war sehr verbreitet. Nicht selten wurden blutjunge Frauen in der Blühte ihres Lebens schon Tage nach der Niederkunft, begleitet von den heiseren Tönen der Lure, zu Grabe getragen.

Ich näherte mich bereits den Reed gedeckten Behausungen, als ich unvermittelt ein lange vermisstes

Geräusch vernahm. Oh ich kannte dieses scheppernde Geklapper sehr gut. Pferdegetrappel war es, vermischt mit lautem Gerumpel eiserner Räder einer Kutsche, die sich donnernd über den holprig, steinigen Boden vorwärts fraßen. Demnach war es eine große schwere Kutsche, vier oder gar sechsspännig. Wer zum Kuckuck kommt hier des Weges? Wen werde ich sogleich erblicken?

In einer Zeit, in welcher das Rad noch kaum bekannt war. Augenblicklich reihten sich Häuser aus Backstein, rechts und links des Weges einer festen Straße aus Asphalt. Günter selbst hatte den Ausbau der Straße, seinerzeit angeordnet und beaufsichtigt.

Ich erkannte die Häuser wieder, hatte sie oft schon gesehen, denn auch unser eigenes Anwesen erhob sich vor mir. Atemlos vor Spannung, wartete ich auf den großen Moment. Eine Nobelkutsche kam endlich in Sicht, als sie um die Ecke bog.

Protzig, lackiert aus schwarzem, glitzernden Mahagoniholz, ein Prachtstück, das seinesgleichen suchte, mit dem unverkennbaren Wappen des Grafen und dem Grafen selbst in seinem Inneren. Ich sah sein mir wohl bekanntes Profil, gelangweilt - dösend, denn er verlor keinen Blick zur Seite.

Der Kutscher trieb die Pferde zur Eile an.

„Haltet an und nehmt mich mit in eure Zeit!" Brüllte ich aufgelöst. Verzweifelt stürzte ich mit ausgebreiteten Armen, der Gefahr entgegen, von den schweren Rädern zermalmt zu werden. Die Pferde bäumten sich auf, die Kutsche ruckte und stoppte schließlich.

"Ist das nicht unsere Carla, die junge Gräfin?" hörte ich den Grafen aufgeschreckt rufen. „So halte doch endlich an Kerl".

„Oh nein Herr, seht ihr nicht die Gefahr die unser lauert, der wir schnellstens entkommen müssen?"

„Was redet er nur für einen Unsinn", polterte der Graf ungehalten und beugte sich mit einer einladenden Geste zu mir, aus dem Fenster. Unsere Blicke trafen sich. Doch der Kutscher trieb die Pferde unerbittlich mit kräftigen Peitschenhieben zur höchsten Eile an.

„Ich rieche die Gefahr und Verderben, seht die wüsten Gestalten dort am Wege, ein Haufen mordrünstiger Banditen mit tödlichen Waffen, Lanzen, Speeren und Armbrust auf uns gerichtet, den Bolzen schon gespannt. An allen Ecken lauern sie. Oh - wie sie uns ansehen!"

„Ja – zum Teufel, jetzt sehe ich sie auch, wo kommen diese wilden Monster - übles Gesindel - Abschaum der Gesellschaft, nur plötzlich her? Überall wimmelt es von diesen merkwürdigen, verloderten Gestalten, in Lumpen und Fellen gehüllt, man könnte glauben, in eine andere Zeit geraten zu sein!" Hörte ich die erschrockenen Ausrufe des Grafen in dem Geratter der Räder und Pferdehufe untergehen.

Das Gefährt war ebenso plötzlich verschwunden, wie es aufgetaucht war. Ebenso die Straße mit den Häusern.

Nur eine dichte Staubwolke zeugte noch von ihrer Existenz. Erschüttert senkte ich meine Arme. Vor mir breiteten sich die armseligen Hütten aus. Benommen setzte ich meinen Weg fort.

Die braven Bürger waren aus ihren Behausungen getreten und glotzten ungläubig erstarrt, wie auch ich, der sich allmählich auflösenden Staubwolke hinterher.

„Ein Teufelsgespann direkt aus der Hölle", fauchte ein Greis, von den Umstehenden bestätigt.

„Die Welt wird bald untergehen, dies war ein Zeichen der Götter, die uns zürnen", deuteten sie die skurrile Abordnung des unbekannten, unbegreiflichen Geschehens. Ich spürte eine warme Hand auf meiner Schulter, die mir beruhigend den Arm herunter strich und mit festen Griff meine Hand erfasste.

„Oh - Liebster, ich habe so verzweifelt nach dir gerufen, habe mir die Seele aus dem Leib gebrüllt, aber du kommst wie immer zu spät", brachte ich stammelnd hervor.

„Ich hab dich rufen gehört und bin sogleich losgelaufen, auch ich habe Sie noch gesehen. Das wäre vermutlich eine große Chance für uns gewesen. Wer hätte gedacht, dass der verhasste Onkel uns jemals so willkommen sein würde, als der Erretter aus unserer Not!" fügte er verdrossen hinzu.

„Stell dir vor", sprach er weiter. „Wir säßen jetzt in der Kutsche und führen unbekümmert - hoffnungsvoll dem Schloss entgegen, wo uns ein Festsaal mit tausend Kerzen,

Prunk Geselligkeit, Musik und Tanz erwartet! Nicht zu vergessen, die köstliche Speisetafel."

„Ja, was wäre wenn", entgegnete ich resigniert und barg mein Gesicht an seine Schulter.

„Ich habe für einen Moment unser Haus gesehen, einladend, doch einsam und verlassend, erhob es sich lockend vor meinen Augen."

„Du hast es also auch gesehen?" Griff ich seine Worte hellhörig wieder auf.

„Ach Liebste, wozu soll das Fantasieren jetzt noch gut sein, es war letzten Endes nur ein Gebilde unserer Sehnsucht und raubt uns den letzten Mut!"

„Sag so etwas nicht mein Herz, denn dieses Wissen beflügelt mich und gibt mir wieder neuen Mut, diese Ereignisse häufen sich, wie du sicher schon bemerkt hast, bald eröffnet sich eine neue Gelegenheit für uns, du musst nur daran glauben. Was immer uns auch die Zeitkapriolen vorgaukeln, Glaube versetzt Berge. Doch der Glaube allein, hilft uns nicht aus unserer desolaten Lage, ein Fluch lastet auf uns!"

„Du bist verwirrt Kleine, hast schon die Denkweise der Eingeborenen übernommen, wer hätte die Macht uns zu verfluchen? Keiner weis besser, als wir, dass es keine Hexen und Götter gibt!"

„Ach was versuchst du mir einzureden, willst du behaupten, dass es keine Geister und Zombies gibt? Leide ich etwa an einer Paranoia oder ist unser Söhnchen und die ganzen unerwünschten Gäste, die unser Camp in ständigen Aufruhr versetzen, real!"

„Nun ja, sie sind zwar real, aber keineswegs normal, doch entbehrt es nicht einer gewissen Logik..." setzte er zur Erklärung an, als ein durchdringender Schrei, uns aus unseren Grübeleien aufschreckte.

Ein neues Leben war geboren und musste fachmännisch versorgt werden. Ich streckte mich und schüttelte alle Ungereimtheiten und Sorgen ab, fand mich wieder in der gegebenen Wirklichkeit.

„Ich muss gehen, willst du mich begleiten?"

„Ja freilich, werde ich mit dir gehen, das Leben geht weiter und ist nicht aufzuhalten."

Blitze zuckten vom Himmel, worauf sich ein heftiger Hagelschauer über uns ergoss, als wir nach der Tageslast, engumschlungen über die Wiesen schlenderten.

„Welche Jahreszeit haben wir?"

„Oh dazu müsste ich auf dem Kalender nachsehen."

Der Himmel hatte sich schwarz gefärbt, doch bevor wir das schützende Haus erreichten, strahlte bereits die Sonne in voller Glut.

„Alles ist aus den Fugen geraten, wie soll ich mich je daran gewöhnen" seufzte ich.

Doch die täglichen Anforderungen und Sorgen, ließen mir nicht viel Zeit für derlei Betrachtungen und Nebensächlichkeiten, wie die Wetterkapriolen und Zeitsprünge. Denn es stellte sich heraus, dass die junge

Mutter ihr Neugeborenes nicht stillen konnte, was den unweigerlichen Tod des Säuglings bedeuten würde.

Aus Vernunftgründen hatte Justins Verbannung nicht lange angehalten. Denn es galt ja schon lange, sich gemeinsam gegen die Zombies stark zu machen, die sich nicht fügen und unterordnen konnten. So hatte Justin mit Jonny und Günter und einigen vertrauenswürdigen Männern des Stammes abwechselnd die Wache übernommen, um das Volk und uns, gegen die mutwilligen Übergriffe zu schützen. So blieb es auch nicht aus, dass er mir bei seiner Patrouille, gelegentlich über den Weg lief.

Mühsam quälte ich mich eiligst durch den aufgeweichten, matschigen Boden, in der Sorge, nicht rechtzeitig eingreifen zu können.
Zwischen den Hütten sah ich Justin, gestenreich in anregender Unterhaltung mit einem der Clan - Oberhaupte vertieft. Er bemerkte mich sogleich und klopfte seinem Gesprächspartner abschließend, freundschaftlich auf die Schulter. Seine Augen strahlten als er mich sah und mir freudig, lächelnd entgegeneilte.
„Carla, wie freu ich mich, dich endlich mal zu sehen!"
„Oh Justin, gut das ich dich hier treffe. Du hast doch sicher unter deiner Konservensammlung, die du heimlich hortest, auch ein paar Dosen Kondensmilch. Ich brauche sie dringend für die junge Mutter, die nicht stillen kann",
sprudelte ich hervor, ohne lange zu überlegen.

„Ja freilich, das lässt sich machen, dein Wunsch sei mir Befehl. So lass es uns gleich erledigen. Komm, geh mit mir, so lässt es sich besser reden. Sag mir alles was dich bedrückt, denn ich merke, du hast noch mehr auf dem Herzen!"

„Ich sehe und staune, du magst das einfache Volk, bist ihnen in Freundschaft verbunden! Das freut mich sehr", fügte ich anerkennend hinzu.

„Ja so ist es, ich stehe ihnen bei all ihren Kümmernissen bereitwillig mit Rat und Tat zur Seite. Ganz zum Ärger von Carlene. Du weist ja, sie verabscheut das niedere Volk und schmollt mir deswegen."

„Ja das ist sehr unerfreulich, doch etwas anderes bewegt mich. Du erwähntest neulich deinen letzten Besuch in der Neuzeit. Das beunruhigt mich zutiefst. Sag, was hast du dort gesehen und erlebt?"

„Ach Gott, das war gewiss nicht erbauend, denn all meine Bekannten und Verwandten sind längst schon begraben in meiner Realzeit 2225. Deine Realzeit dürfte etwa das Jahr 2190 sin. Alles was du vorher aufsuchst und vorfindest ist in Wahrheit längst schon vergangen. Ich fürchte, dir fehlt der Mut, jemals in diese Zeit einzutauchen, denn alles ist dort anders, als du vermutest. Es wäre also eine unglaubliche Enttäuschung für dich!"

„Glaub mir, ich habe nicht ohne Grund, diese jetzige Zeit für mich auserkoren. Denn sieh nur, hier können wir noch etwas bewirken, alles ist noch offen und möglich."

„Aber warum hält es dich ausgerechnet in dieser düsteren Zeit?"

„Nun – man kann aus jeder Zeit das Beste herausholen. Ich jedenfalls sehe hier die besten Möglichkeiten, mein Leben aufzubauen, besonders nachdem ich einen Blick in die trostlose Zukunft geworfen habe."

„Ach - ich will ja gar nicht in meine Realzeit zurückgehen. Anfang 19 Hundert würde mir schon genügen, das wäre mein sehnlichster Wunsch."

„Bedenke aber, was in diesem Jahrhundert noch alles geschieht. Die verheerenden Kriege und die Judenvernichtung, keine Zeit ist grausamer im Vergleich zu den harmlosen Aufwiegeleien hier."

„Die Unruhestifter und Störenfriede, die uns zur Zeit noch verärgern, werden immer weniger und sich mit der Zeit völlig im Lande verstreuen, sich tiefer in die endlosen Wälder ziehen. Es hat schon begonnen, so werden es Derer immer weniger!"

„Ja, jetzt wo du es sagst, fällt es mir auch auf. So sind es vor allem jene, die hier ein Weib gefunden haben!" stimmte ich ihm zu.

„Und - musst du nicht ehrlich zugeben, dass es hier friedlicher und übersehbarer ist? In den Jahren 2000 sind es die Terrorbanden, brutale Extremisten, die sich ISS nennen, die das Volk unterdrücken, indem sie mittelalterliche Sitten des Islam wiedereinführen und nicht Halt machen, auch Europa zu überschwemmen, um auch dort ihr Unwesen zu treiben. So dass sie die Macht übernehmen und die grausamen Gesetze des Islam einführen!"

„Oh – je, wie gruselig. Du meinst also es wird ihnen gelingen?"

„Es ist bereits geschehen. In deiner Realzeit, vergeht kaum ein Tag, an dem nicht fanatische, irregeführten Extremisten, Mordanschläge verüben und die Menschen in Angst und Schrecken versetzen", bestätigte er, ernst den Kopf wiegend.

Nicht selten ging er nun in Begleitung seiner aufreizenden Brut, die es nicht versäumte, mich mit kalten abschätzigen Blicken zu strafen. Doch was kümmerte mich zur Zeit diese aufmüpfige Göre, es gab wichtigeres zu bewältigen.
Ich wusste ja, ihre Zeit war ja noch lange nicht gekommen.
Doch der Strom der Zeit floss nicht im normalen Lauf und bereitete mir nach wie vor, einiges Kopfzerbrechen.
Noch war sie kindlich naiv, doch äußerst wissbegierig.

So würde ich eines Tages Zeuge einer Unterhaltung sein, zwischen ihr und ihrem Erzeuger, als sie hinter der Hecke meines Gartens vorbei schlenderten. Sie konnten mich nicht sehen und glaubten sich allein, als ich folgende Worte vernahm: „Wo ist die Heimat aller Götter?" hörte ich sie fragen.

„Dort ist sie - dort hinter dem zugemauerten Tor zur Ewigkeit, dem Himmelstor!" antwortete Justin geheimnisvoll und wies auf den Berg. „Aber sie können uns nicht mehr erreichen," fügte er hinzu.

„Sind wir nun die einzigen Götter, nachdem die Götter ohne Macht keine Götter mehr sein wollen?"

„Wir allein sind die einzigen wahren Götter, auch wenn die anderen das noch nicht wissen, so werden sie es bald merken!"

So ein Lügenbaron, wie kann er ihr nur solch einen Unsinn eintrichtern und in ihrem Glauben, Göttlich zu sein, noch bestärken, erboste ich mich kopfschüttelnd.

Doch das geschah später.

Alles war ungewiss und stürzte aus heiterem Himmel auf uns ein. Doch was mir heute widerfuhr, sprengte den Rahmen alles bisher erlebten und ließ mich vor Staunen und Grauen erstarren.

Gedankenversunken, arbeitete ich in meinem Gemüsegarten. Ich hatte noch eine ganze Menge Arbeit vor mir, die Kartoffeln mussten noch an gehäufelt werden, das Beet hatte inzwischen die Ausmaße eines kleinen Feldes. Sie versprachen eine gute Ernte. Alle würden ihren gerechten Anteil abbekommen.

Die Sonne glühte erbarmungslos vom Himmel, doch am Horizont türmten sich bereits dunkle Regenwolken auf. Wenn es nicht unverhofft zu Nachtfrösten kommt, könnten wir die dritte Ernte des Jahres einfahren. So hatte die Zeit, ohne lange eisige Winter auch ihre Vorteile, keiner würde mehr Hunger leiden, überlegte ich und betrachtete wohlwollend die üppigen Fruchtstände.

Ein modriger Geruch zog mir in die Nase.

Als ich mich erhob, um meinen schmerzenden Rücken zu strecken, glaubte ich meinen Augen nicht zu trauen! Urplötzlich befand ich mich in einem endlosen Moorgebiet, soweit das Auge reichte. Kein Geräusch drang an meine

Ohren, als wäre ich allein auf dieser Welt.

Dampfende Nebelschwaden verdunkelten die Sonne und verstärkten den Eindruck, in eine verlorene, fremde Unterwelt versunken zu sein. Nichts, außer ein paar vermoderten Baumstumpfen erhoben sich aus dem Boden. Ich wagte keinen Schritt zu gehen, um nicht im Moor zu versinken. Wohin sollte ich auch gehen? Welche Zeit mag es wohl sein? Oh Gott, was soll das jetzt noch, bin ich nicht schon tief genug versunken in der Zeit.

Donnergrollen in der Ferne und flackernde Blitze, ließen mich erschauern. Sollte ich hier mein Leben aushauchen, allein? Wie lange würde es dauern bis ich verdurste oder erfriere?

Gottergeben hockte ich mich auf den feuchten Untergrund. Schneidende Kälte strömte mir entgegen. Doch der Untergrund knirschte wie Glas, ich merkte, dass er gefroren war. Jetzt sah ich auch die schneebedeckten Berge, bar jeden Bewuchses, ganz anders wie ich sie kannte. Sollte ich mich am Ende der Eiszeit befinden, denn alle Berge nah und fern, waren in einer weißen Eisschicht erstarrt. Ich konnte jetzt versuchen den Zeitkanal zu erreichen, doch die Höhlenöffnung war nicht sichtbar, sie war im ewigen Eis gefangen.

Benommen schloss ich die Augen vor der hoffnungslosen Einöde, um mich herum, die nun mein Ende und Grab sein würde. Ich wollte noch nicht sterben.

Eine unsägliche Traurigkeit legte sich über mich.

Ich begann zu wimmen, leise erst, doch der Schmerz des Verlassen seins, der Ausweglosigkeit in der tiefsten Tiefe der Zeit gefangen, bahnte sich seinen Weg, wollte mich erdrücken. Bald brüllte ich wie ein verwundetes Tier, meine Qual heraus. Doch keiner würde mich hören. Resigniert verstummte ich irgendwann. Nichts mehr sehen, nicht mehr denken.

„Hier bist du, hast wohl die Zeit vergessen?" Riss mich die Stimme meines Liebsten, aus meiner Apathie.

„Die Zeit hat mich vergessen!" Schluchzte ich, oder dachte ich es nur.

„Aber warum weinst du so herzerweichend, was ist so schreckliches geschehen? Oh, du bist ja ganz kalt!

Komm mein Herzchen, komm in meine Arme, ich werde dich wärmen. Es wird schon dunkel, wir müssen heimgehen!"

Eine wohlige Wärme umschmeichelte mich.

Blühende Büsche und bunte Blumen beglückten meine geschundene Seele, als ich mich taumelnd erhob und die Tränen von meinen Wangen wischte.

„Ich hatte eine fürchterliche Vision", stammelte ich und kuschelte mich in seine Arme.

Alles war wieder gut, wenn es auch nicht meine Traumzeit war, durch die er mich nun trug.

Die verstörten Blicke der Eingeborenen, die uns begegneten, bezeugten mir, dass nicht nur ich diesen entsetzlichen Fall in die tiefe Vergangenheit erlebt hatte. Denn für eine gewisse Zeitspanne, waren ihre Hütten verschwunden, was sie der grollenden Erdgöttin zuschrieben.

„Oh wehe uns, wir haben gesündigt Herrin, denn wir haben der Erde zu viel abverlangt. Das war ein böses Zeichen und gleichsam die Strafe für unsere Gier", bekundeten sie eingeschüchtert und erhoben sich aus dem Staub.

„Ja, so wird es wohl gewesen sein!" Murmelte ich zerstreut.

„Und du Liebster, hast du denn nichts bemerkt?"

„Nun - auch ich war verwirrt, als ich das Haus nicht fand, denn ich glaubte, gestresst und überarbeitet wie ich nun mal bin, an eine Sinnestäuschung, eine vorrübergehende Blockade im Kopf. Ich bin nun mal nicht mehr der Jüngste!" Fügte er grinsend hinzu.

„Aber meine größte Sorge galt allein dir, denn auch dich konnte ich nirgends finden."

Dieses Mal saß der Schock des Erlebten tief.

Wieviel kann der Mensch ertragen, ohne ein Trauma davon zu behalten. Ich glaubte, wenn ich darüber sprach und das Horrorerlebnis teile, wäre ich es los und somit befreit.

Doch die Träume die mich nachts marterten, verfolgten mich bis in den Tag hinein.

So war ich nicht imstande, das Haus zu verlassen. Zudem peinigte mich der Zustand unseres Söhnchens, der kaum noch vorhanden war und allmählich ganz verblasste.

Sein zartes Stimmchen, verklang zu einem Hauch, er

entschwand ins Universum - löste sich auf.

Ich muss raus hier, kann es nichtmehr ertragen. Ich muss wieder unter lustige Menschen, die sprechen, lachen, mich mitreißen und ins Leben zurückziehen.

Auch Günter vermochte es nicht, mich aufzumuntern, denn er selbst litt und trauerte mit mir um das verlorene Kind, dass nur mehr als Geist zwischen uns schwebte.

Sein letzter Sohn, der ihm noch geblieben.

Ein Schwätzchen, eine belebende Debatte über Gott und die Welt mit Gleichgesinnten auf gleicher Ebene zu führen, schwebte mir vor. Blieb nur mein Freund Justin, der gleichermaßen mein Feind war, übrig. Zumindest würde er mich mit seinem Sarkasmus, Spott seiner Selbstherrlichkeit und seinem Optimismus auf andere Gedanken bringen.

Ich wusste ja, wo ich ihn finden würde.

Freilich könnte ich auch die Hütten der Eingeborenen aufsuchen. Sei es nur für einen belanglosen Schnack.

So wäre es jedoch müßig und ermüdend und ginge nicht über das Wetter, Viehzucht und Kindererziehung hinaus. Zudem gab es doch stets erhebliche Verständigungsschwierigkeiten, Seitens unserer verschiedenen Weltanschauung, die völlig unterschiedlich war und nicht abweichender hätte sein können.

Zugegeben, gab es auch unter ihnen, herausragende Persönlichkeiten, welche nach Fortschritt, nach Intellekt und Wissbegier strebten und sich hervortaten.

Doch war es meist das Wissen über alte Mythen und

Legenden, die ich schon zu Genüge zu hören bekommen hatte. Sie alle lebten in der alten Zeit gefangen, fern jedem Fortschritt, nur von Götterglauben geleitet.
Wir jedoch wollten nicht mehr als Götter angesehen werden.
Ich hoffte Justin allein anzutreffen. Eine Hassliebe die noch immer in mir brannte, verlieh mir Flügel.

Der Tag war noch jung, als ich mich auf den Weg durch den Wald zu seiner Hütte aufmachte. Ich spürte noch gelegentlich ein merkwürdiges ziehen im Leib und Rücken. Was immer das auch bedeutete, schien doch mehr übrig geblieben zu sein, als ich mir selber eingestehen mochte. Ein Überbleibsel unserer wilden Romanze auch wenn es solange schon her war. Seine Art mich anzusehen, weckte alte Gefühle.
Doch diesmal ging ich unbedarft arglos, frei jeglicher Emotion, nur mit dem Wunsch nach Kommunikation gegebenenfalls einer hitzigen Debatte, welche unweigerlich zu einer heftigen Auseinandersetzung führen würde. Reden - nur reden. Nun denn, ich war gewappnet, alles sollte zur Sprache kommen.
Zuversichtlich pochte ich an die Tür und stand ihm unvermittelt gegenüber.
„Oh Carla - Schätzchen, ich hab dich kommen sehen und mir verwundert die Augen gerieben. Was führt dich zu mir zu so früher Stunde?"
„Ach es gibt keinen besonderen Grund, ich wollte nur…

aeh - wie soll ich es ausdrücken. Nun ja, es gibt doch so viel zu klären zwischen uns."

Nun wusste ich nicht weiter, das Blut stieg mir zu Kopf, ich verhedderte mich in unsinniges Gestammel, denn seine Blicke durchbohrten mich.

Unbeeindruckt von meinen ungeschickten Versuchen, mich zu erklären, wies er mir einen Platz.

„Was hast du auf den Herzen, so sag es doch frei heraus!"

„Es ist nichts Bestimmtes. Ich wollte nur reden, mit einem Freund aus alten Tagen."

„Ah - ja, nun siehst du also wieder einen Freund in mir, wie es dir gerade passt!"

„Ach lieber Justin, lass uns doch endlich die alte Fehde beilegen, der alten Zeiten willen und wieder Freundschaft schließen."

„Wie stellst du dir das vor. Wir beide plötzlich wieder in alter Freundschaft verbunden, nach allem was ihr mir angetan habt!"

„Du warst es doch, der uns mit Feindschaft empfangen und unsägliches Leid über uns gebracht hat!" Setzte ich hitzig entgegen.

„Ihr stört meine Kreise. Ihr gehört ausgerottet.
Dich würde ich noch in Kauf nehmen, nur dich, doch du hast nur hochmütig auf mich herabgesehen. Hast mich verhöhnt und verspottet!"

„Oh nein, das darfst du nicht denken, das erscheint dir nur so. Ich hab dich nie verhöhnt noch verspottet."

„Nein – wirklich nicht? Und warum hast du mich wie einen Aussätzigen, allein gelassen und verbannt!"

„Wir konnten dich nicht weiter gewähren lassen in deinem Wahn, ein allmächtiger Gott zu sein!"

„Aber ich bin der Gott des Lichtes - Herrscher über das unwissende Untervolk!"

„Bah – du bist nichts anderes, als ein gefährlicher Bazillus, der nur Unfrieden und Verderbnis bringt."

„Was sagst du da, du bösartige Xanthippe", fauchte er hysterisch, packte und schüttelte mich, zornesrot im Gesicht.

„Ja ein krankmachender Virus bist du. Dich sollte man ausrotten!" Spie ich wütend heraus.

„Nun bleib mal auf dem Boden, du kommst in mein Haus, beschimpfst mich zänkisch wie ein Marktweib und verlangst im gleichen Atemzug, Freundschaft mit mir schließen zu wollen. Du, die ich einst glühend liebte, mehr als mein Leben." Grollte er und baute sich drohend vor mir auf.

„Du wagst es mir zu drohen, nachdem du mir unverblümt und unmissverständlich solch garstige Worte ins Gesicht geschleudert hast! Sagtest du nicht, wir gehören ausgerottet!"

„Herrgott, was man so sagt im Zorn, nur Prahlerei. Schließlich habe ich deinem Liebsten nichts weiter angetan, damals. Was allerdings die Wachen mit ihm angestellt haben, entzieht sich meiner Kenntnis."

„Du hast ihn in den ekelhaften, modrigen, stinkenden
Kerker werfen lassen, auf das er dort verfaule, du
Scheusal! Jonny hat ihn damals befreit, nicht du!"
Schleuderte ich ihm, hasserfüllt entgegen.
Ich ballte meine Fäuste und hämmerte wild auf ihn ein.
„Aber - aber, wer wird denn gleich so ausflippen, beruhige
dich, denn ich habe es nicht so krass gemeint.
Ich gebrauchte nur deine eigenen Worte, sagtest du nicht
auch, ich gehöre ausgerottet!" Lenkte er spöttisch grinsend
ein. Während er lässig meine Arme packte, um die Hiebe
abzufangen.
Mit einer kraftvollen Bewegung zog er mich an sich, hielt
mich fest und strich mir zärtlich über das Haar, bis ich mich
beruhigte.
„Du bist ein Hitzkopf, aufbrausend wie ein Vulkan, hast du
denn vergessen, wie übel ihr mir mitgespielt habt, mir alles
in barer Münze heimgezahlt? Nun sind wir Quitt!"
„Ha - wie kannst du sagen, wir sind Quitt, wo du uns noch
immer, so viele Jahre schon gefangen hältst!"
„Aber ihr seid frei wie der Vogel unter dem Himmel!"
Heuchelte er, gespielt verwundert.
„So? Warum lässt du uns dann nicht endlich in unsere Zeit
gehen. Warum zum Teufel lässt du uns nicht gehen?"
brüllte ich hysterisch, in unbändigem Zorn.
„Es geht nicht, ich kann es nicht."
„Was kannst du nicht? Was ist es, dass dich hindert?"
„Du bist es, dich kann ich nicht gehen lassen!"

„Aber das verstehe ich nicht. Du hast dir doch deine Traumfrau geschaffen, hast sie nach meinem Vorbild geschaffen, eigens für deine triebhaften Gelüste.
Sag die Wahrheit, war das nicht dein Plan?"
„Nun gut, das war in der Tat mein Grundgedanke.
Doch als du dann unverhofft kamst, in Fleisch und Blut, gegenwärtig warst. Du mit deiner Sinnlichkeit, deinem Temperament, das Vollweib, Engel, Sünde und Versuchung…"
„Aber sie ist viel reizvoller als ich", warf ich ein.
„Nun ja, eine hübsche Larve ist sie wohl, doch ihr mangelt es an Fraulichkeit und Würde. Sie verblasst neben dir, ist wie eine leere Hülle, ist durchschaubar, egozentrisch, launisch und kalt, nicht so geheimnisvoll, unergründlich und aufregend wie du! Ich wusste schon immer, dass man einer Frau wie dir, nur einmal begegnet."
„Du weist, dass ich nicht auf solch ein Gesäusel hereinfalle. Also was soll das?"
„Ich sage es weil es so ist," bekräftigte er ernsthaft nickend.
„Nun, ich muss ehrlich zugeben, auch ich bin nicht frei von alten Gefühlen. In mir glimmt noch immer ein Funke…"
„Oh ein Funken genügt um das Feuer wieder zu entfachen, "brummte er und begann das Feuer zu schüren, bis wir lichterloh brannten.
Doch es war wie immer schon, nur ein Stichfeuer und erlosch ebenso schnell, wie es aufgelodert, war es auch

von betäubender Intensität.

„Ich muss jetzt gehen, darf meinen Liebsten nicht warten lassen," bemerkte ich kühl, während ich mich aus seinen Armen pellte.

„Oh du Hexe, du unberechenbares Luder, setzt mein Herz in Flammen und gehst einfach fort, so war es immer und wird ewig so sein!"

„Aber Justin du weist doch, hast es immer gewusst, dass ich vergeben bin. Du hast recht, denn so wird es immer bleiben. Mein Herz gehört nur ihm bis in alle Ewigkeit. So lass uns Freunde sein und bleiben, allen Widrigkeiten zum Trotz."

Es schmerzte mich, ihn so am Boden zerstört zu sehen. Justin der Charmeur, mit tausend Sünden im Gesicht, als Verlierer. Doch als ich mich noch einmal umschaute, sah ich eine Spur des gewohnten, spöttischen Grinsens, sich um seinen Mund ausbreiten. Er war es, der diese Schlacht gewonnen hatte - nicht ich.

Hinter ihm gewahrte ich eine Gestalt, sich aus dem Dunkel des Hauses lösen. Sie - mein Double war es, die verschlafen mit wilder Mähne sich näherte.

Ihr hasserfüllter Blick, traf mich unvorbereitet. So dass ich meinen Schritt beschleunigte und feige die Flucht ergriff. Ich hatte keine Lust, mich mit Hohn und wüsten Beschimpfungen überschütten zu lassen.

Was ich damals noch nicht wusste und später erst erfuhr, hatte sie zu jener Zeit, längst ihr ausschweifendes

Liebesleben aufgenommen. Unter allen Schichten der Dorfbevölkerung, hatte sie ihre Liebhaber und Günstlinge und somit ihre speziellen Beschützer. Ihr Favorit, war ein bulliger Halbwilder, einer jener Untoten aus der Zwischenwelt. Ein Trapper und Fallensteller, breit und grobschlächtig, furchterregend. Am ganzen Körper zottig behaart, der nicht wenig an Gozilla erinnerte.
Keiner wusste aus welcher Zeit er stammte.
Zu eben dieser Zeit, hatten auch die widerlichen Vergewaltigungen, durch die unliebsamen Besetzer aufgehört. Auch mir wäre die gleiche Gewalt angetan, hätte ich nicht stets meinen Colt und das Pfefferspray griffbereit bei mir getragen, welches mich mehr als einmal aus dieser erniedrigen Situation rettete. So konnte ich meine Peiniger noch vor Ausführung ihrer schändlichen Tat, niederstrecken. Auch bei all den vielen geschändeten Frauen, die durch brachiale Gewalt missbraucht und deren Zeuge ich wurde, kannte ich kein Erbarmen, für die Peiniger. Die Toten verschwanden vom Erdboden.
Auch Andere der ungehobelten Banden, die dem weiblichen Geschlecht keinen Respekt erbrachten und ihnen Gewalt antaten, verschwanden und wurden niemals mehr gesehen. Kaum einer aus dem wild, zusammen gewürfelten Haufen der Untoten, vermisste sie.
Wo kein Kläger, ist auch kein Richter. Wer hätte mich auch richten sollen, sich über mich erheben können, denn eigentlich existierten Sie ja gar nicht, die vielen

Neuauferstandenen, aus allen Zeiten entsprungen.

Sie hielten sich an keine Gesetze, somit galten für sie auch nicht die Gesetze der Gnade, waren nicht wir das Gesetz? Der Frieden war wiederhergestellt, es wurde wieder ruhiger im Camp. Doch der Frieden sollte nicht lange anhalten.

Ich befand mich arglos auf dem Heimweg. Hundert wirre Visionen schwirrten in meinem Kopf herum. Ach, was mich nur für irre Gedanken plagen, dachte ich überspannt.

Als ich mich durch das Dickicht plagte, hörte ich Justins Stimme hinter mir rufen.

„Carla, so warte doch, ich werde dich begleiten, ich muss jetzt eh meinen Dienst antreten."

Atemlos holte er mich ein, doch bevor er noch ein weiteres Wort sagen konnte, wurden wir von einem unerklärlichen Getöse aufgeschreckt. Ein Donnern wie ein Erdbeben, geisterhaft – unheimlich, ließ den Boden erzittern.

Noch sah man nichts. Doch wir ahnten, was uns bevorstand. Die Erde erbebte unter hundert Pferdehufen. Begleitet von dröhnenden Schlachtrufen, jagten sie wie die leibhaftigen Zentauren, mit ihren Tieren verwachsen durch den Wald. Ein Trommeln wie von tausend Pauken, nein eher ein dumpfes Grollen, als würde sich die Erde auftun. Die Erde tat sich auf und spie eine endlose, wilde, ungezügelte Bande - eine Reiterhorde ohne Ende aus. Jedoch auch unser Ende wie es schien, denn sie brannten auf ihrem Feldzug, alle Hütten nieder. Fortan würde es diese Siedlung nicht mehr geben. Wenngleich sich eines Tages, neue Siedler hier niederlassen würden, um das Territorium neu zu bevölkern und zu ihrem Erstaunen, einen weisen Mann mit einer leibhaftigen Göttin - der Göttin des Lichtes vorfinden würden.

Strahlte sie auch wie die aufgehende Sonne. So war ihr Herz doch finster, grausam und hinterhältig. Bald gelang es ihr, die Untertanen zu ihren Sklaven zu erniedrigen.

Doch das geschah später, viel später...

Wir verbargen uns hinter dichten Büschen und sahen voller Entsetzen dem wüsten Treiben zu.

„Komm Carla, wir müssen zurück zu meiner Hütte, meine Waffen sammeln, ich werde mich gewiss nicht kampflos ergeben!" drängte er mich.

„Oh nein, ich werde sicher nicht mit dir gehen, ich muss

schnellstens zu meinem Liebsten eilen!" rief ich und rannte blindlings davon.

Noch hatte mich keiner bemerkt. Denn sie ergötzten sich grölend daran, die überraschten, wehrlosen Bürger nieder zu strecken, die Frauen zu schänden und zu quälen.

Ein grausiges Gemetzel, das mich erschauern ließ.

Mein Herz zog sich in Todesangst zusammen, als ich endlich unser Haus erreichte.

Justin hatte seine Hütte unbeschadet erreicht. Doch nicht sein Haus war sein Ziel, denn auf dem Weg, hatte er sich eine besondere List erdacht, eine wahnwitzige Idee, spukte in seinem Kopf. Mit einem Höllenspuk wollte er die mörderische Bande empfangen. Mit etwas Glück könnte er sie auch ohne Waffen in die Flucht schlagen.

So suchte er seine unterirdische Grotte, sein umfangreiches Lager auf, welches ihm gleichermaßen als Werkstatt und heimliche Fabrik, für seine Versuche und Basteleien diente. In aller Eile, suchte er Munition für ein Feuerwerk zusammen. Ein fürstliches Feuerwerk das niemals zum Einsatz gekommen war. Es hatte sich noch nicht die passende Gelegenheit ergeben.

Bunt und schillernd sollte es sein.

So empfing er die Krieger: Cool, breitbeinig, hochaufgerichtet wie ein Riese, alle überragend. Denn die Menschen jener Zeit, waren ja viel kleiner als er. Er hätte sich auch feige in seiner Höhle verkriechen können.

Doch nicht nur das Töchterchen zu beschützen, seine ungebrochene Selbstüberschätzung und die Herausforderung reizten ihn, die einfältigen Krieger zu schrecken. Dennoch ließen sie sich allein von seiner Größe uns seinen erhabenen Gesten nicht beeindrucken und visierten ihre Pfeile.

„Halt - wartet noch", ließ er seine Stimme laut erschallen.
In diesem Moment, zündete er die erste automatische
Batterie, zunächst zischte es nur. Die Angreifer erschraken
und erstarrten in ihrer Bewegung. Kurz darauf brach die
Hölle los. Krachend erhoben sich die Lichtblitze in den
Himmel. Feurige Fontänen, alles zerstörend, breiteten sich
über ihnen aus. Der Himmel explodierte, die Sterne
stürzten herab, die Apokalypse, das Weltende stand bevor.
Sie warfen sich zu Boden, den nahen Tod erwartend, ehe
sie in wilder Flucht das Weite suchten.
Zitternd, das Grauen noch in den Augen, berichteten sie
ihrem Anführer von dem mächtigen Zauberer im Wald,
dem sie mit größter Not entkommen waren. Auch ihm, war
das höllische Krachen und die unerklärlichen
Lichterscheinungen am Himmel nicht entgangen, die ihn
aufgeschreckt und auch ihm Furcht eingeflößt hatten.
„So - so, ein Zauberer treibt hier sein Unwesen, na und!
Ist auch nur einer von euch zu Schaden gekommen, ihr
Feiglinge, wie ich sehe, seid ihr noch alle vollzählig.
So führt mich zu ihm, denn einen Zauberer können wir
allemal gebrauchen", donnerte er, wendete mutig sein
Pferd und sprengte in wildem Galopp in den Wald zurück.
„Kommt Männer folgt mir, zeigt mir sein Reich, oder hat er
euch schon zu erbärmlichen Heulsusen und Nichtsnutzen
verzaubert!"
„Lasst mich am Leben, oh Herr, denn ich bin ein Zauberer
und kann euch sehr von Nutzen sein", empfing ihn Justin,

aufrecht, die Arme in heroischer Haltung ausbreitend.
„Nun, wir werden sehen, was du kannst. Ergreift ihn
Männer, aber krümmt ihm kein Haar, einen Zauberer muss
man bei guter Laune halten, ebenso den großen Heiler,
den wir noch finden müssen, von dem alle Welt,
Wunder verkündet und seiner Gattin, die schön wie die
Sonne – einer Göttin gleicht."

Günter versuchte Ruhe zu bewahren, doch es wollte ihm nicht gelingen. Sie war lange fort, zu lange. Er ahnte was das zu bedeuten hatte. Zweifel zehrten an seinen Nerven. Unruhig, mit einem unguten Gefühl, durchmaß er den großen Raum, der ihnen als Schlafgemach, Wohnzimmer und gleichermaßen als Küche diente, seit er mit viel Herzblut die Feuerstelle gebaut hatte. Der Raum zog sich über die ganze Etage, nur getrennt durch eine Wand, hinter welcher sich einst Justins Refugium befand.
Sie hatten sich nicht die Mühe gemacht, ihn leer zu räumen. So lagerten dort noch seine geheimen Aufzeichnungen und Berechnungen, Papierkram, der sie beide verwirrte.
Fast drei Stunden war sie nun schon bei „Ihm" seinem größten Rivalen. Der Gedanke an ihre Untreue schmerzte fürchterlich. Aber ich werde es stillschweigend ertragen, habe aus der Vergangenheit gelernt und weis, dass sie immer wieder zu mir zurückkommt. Ich werde sie nicht fragen und nichts sagen. So ist es nicht geschehen. Verdammt, immer wieder sorgt dieser Kerl für Unfrieden und vergreift sich an meiner Kleinen. Doch das Maß ist voll, es wird Zeit zum Handeln. Er ballte die Fäuste, als ein unerklärlicher Lärm seine Aufmerksamkeit erregte.
In diesem Moment, öffnete sich die Tür und seine Liebste

erschien auf der Schwelle.

Mit angstverzerrtem Gesicht, stürzte sie sich in seine Arme.

„Liebster, es geschieht etwas Fürchterliches, schau aus dem Fenster. Sie sind schon überall. Sie morden und plündern. Ich habe es gerade noch ungesehen hierher geschafft, aber sie werden auch uns finden und töten!"

„Bei Gott, ein Überfall, aber dieses Mal ist es ein ganzes Heer einer kriegerischen Truppe. Wie konnten sie unbemerkt in unser Reich eindringen? Jonny hat doch die modernsten Waffen zur Abwehr zur Verfügung!"

„Das ist nicht etwa Dschingis Khan oder Attila, denn die trieben ja erst viel später ihr Unwesen!" Bemerkte ich dümmlich.

„Nein gewiss nicht, doch herumziehende, meuchelnde Banden – Kriegsführer und sogenannte Eroberer, wüteten schon zu allen Zeiten. Sie haben ganze Völker niedergemetzelt, ja geradezu ausgerottet und deren Lebensraum verwüstet und dem Erdboden gleichgemacht! Doch unsere Festung werden sie nicht einnehmen," polterte er Siegessicher und zog die Kiste mit den Waffen unter dem Schrank hervor.

"Wir müssen alle Gewehre laden, helf mir dabei, wir dürfen keine Zeit verlieren!" Drängte er.

Während wir dem sich nähernden Schlachtenlärm lauschten, merkte ich wie meine Hände zitterten, fürchterliche Angst ergriff mich. Nie zuvor hatte ich solche

Furcht empfunden. Mit bebenden Fingern, tat ich wie mir geheißen.

„Wir werden aus dem Fenster feuern und sie alle abknallen, wie die Kaninchen," bemerkte er noch, als wir ein polterndes Getöse, unten im Haus vernahmen.

„Oh Liebster es ist zu spät, sie sind bereits im Hause," wimmerte ich entsetzt.

Im nächsten Moment wurde die Tür scheppernd aufgebrochen.

„Hier haben sie sich verschanzt, Hauptmann, wir haben sie, den besagten Heiler und sein Liebchen, welche sie eine Göttin nennen!" Grölten die Eindringlinge und stürmten mit vorgehaltenen Lanzen auf uns zu.

„Nehmt sie gefangen, bindet sie und schafft sie zu den anderen Gefangenen!" Bellte der Hauptmann, der nun teuflisch grinsend hinter ihnen hervortrat.

Ein furchteinflößender Kerl, krafttrotzend, breit wie ein Schrank, mit verwittert - grausamen Gesichtszügen, die über einem zottigen, roten Bart hervorstechen.

„Oh welch eine leuchtende Erscheinung. Das ist also die Göttin, von der man mir gekündet. So seid ihr von Stund an meine persönliche Göttin, ha, ha. Rührt sie nicht an, ich selbst werde mich ihrer mit Vergnügen annehmen! Sie steht unter meinem Schutz. Und der hier, ist also der große, ruhmvolle Heiler, von dem die Alten so respektvoll sprechen. Nun auch den können wir dringend gebrauchen. Packt und bindet ihn Kerle, der darf uns nicht entkommen!"

Günter ließ sich nicht einschüchtern. Er stand hoch aufgerichtet wie ein Riese. Mit fliegenden Fäusten um sich boxend und derbe Flüche brüllend, gelang es ihm etliche Kämpfer niederzustrecken, denn die mit Waffen kampferprobten Angreifer, waren im Faustkampf nicht geübt. Doch die Überzahl der Angreifer war zu groß. Er wurde niedergerungen und gefesselt. Ich sah das Entsetzen in seinen Augen, als er überwältigt, abgeführt wurde und meinen Blicken entschwand.

Ich bin nicht die Göttin, wie ihr glaubt. Die wahre Göttin ist eine Andere, wollte ich sagen, doch die Furcht ließ mich schweigen. Auch ich wehrte mich mit Händen und Füßen, so dass ich von einem der Barbaren unsanft gepackt wurde. Ein derber Fausthieb mich traf, demzufolge ich Sterne sah und dann gar nichts mehr.

Ich erwachte aus meinem Taumel, auf einem Pferd festgezurrt, so dass ich mich kaum rühren konnte. Meine Augen versuchten, meinen Liebsten in dem Getümmel von Leibern und Reitern auszumachen.

„Ihr bürgt mir dafür, dass diese Beiden nimmer mehr aufeinandertreffen. Garantiert mir das bei eurem Leben!" Riss mich eine herrische Stimme, direkt neben meinem Ohr aus meiner Lethargie.

Erst jetzt merkte ich, das ich vor ihm, dem Hauptmann, auf dem Pferd kauerte. Das Dorf war ein rauchendes Schlachtfeld, übersät von unzähligen geschundenen

Körpern. Die Erde war rotgefärbt von Blut.
Aufgeschlitzte Leiber aus denen das Gedärm quoll,
mutwillig - unnötig übertötet aus purem Sadismus.
Sie waren noch warm, denn es war ja gerade erst
geschehen. So befand sich noch ein Rest Leben in den
misshandelten Körpern. Sicher war noch Leben in einigen,
entschwindenden Seelen, denn mir war, als bewegten sich
noch Beine, reckten sich noch Arme gen Himmel, im
Ringen mit dem Tode. Niemals hatte ich Schändlicheres
gesehen. Das Entsetzen das ich empfand, konnte nicht
mehr ansteigen. Ein tierischer Schrei entrang sich meiner
Kehle. Das war mehr als ich ertragen und verkraften
konnte. So geriet ich in einen erbarmenden Schockzustand,
aus dem mich merkwürdige Geräusche weckten.
Träumte ich? War das alles nur ein böser Albtraum?
Warum ging es so langsam voran?
Ich wusste nicht, ob ich mich darüber freuen oder ärgern
sollte, bis mir der Grund klar wurde, als ich das Blöken und
Muhen wahrnahm. Ich riss die Augen auf und sah neben
mir ein Meer von wabernden Tierrücken... Rinder Schafe
und Ziegen mit angstvoll geweiteten Augen, denn sie
rochen das Blut und Verderben. Gewaltsam aus ihren
heimischen Gehegen gerissen, zusammengepfercht, mit
Stockschlägen angetrieben. Eine willkommene Beute, doch
alles was sie nicht gebrauchen konnten, hatten die Teufel
erbarmungslos abgeschlachtet und niedergebrannt.
Doch auch von ihnen, hatten Einige dran glauben müssen,

sie lagen verstreut am Wegesrand und wurden mit finsteren Minen aufgesammelt.

Aus ihrer Brust ragten Armbrustgeschosse, von den wehrhaften Untoten abgeschossen.

So zogen wir des Weges, begleitet von den letzten Überbleibseln, aus unserem Leben, die liebevoll aufgezogenen Haustiere, die gewiss nicht für diese mörderische Bande bestimmt waren. Eine harmlos erscheinende Prozession. Sie bestimmten und minderten das Tempo, in dem wir vorankamen. Welches jedoch meinem Peiniger in seiner Ungeduld und seinem ungezügelten Temperament zu langsam war. Er trieb das Pferd, auf dem ich mit ihm ritt, ungezügelt raus aus dem Gedränge, das uns in wilden Galopp davontrug.

Es trug mich fort, immer weiter fort aus meinem Leben, in eine ungewisse Zukunft. Durch einen Tränenschleier, sah ich unsere Heimat entschwinden. Ich sah nicht die orangenen Wolken ziehen, nicht die untergehende Sonne, die ein rotes überirdisches, feuriges Licht auf die endlose Heide zauberte. Ich konnte einen wehmütigen Schluchzer nicht unterdrücken.

Seine Hand legte sich beruhigend, wie beschützend auf meine Schulter. Ich zuckte unter der Berührung zusammen, wollte dem Druck entfliehen. Doch ich war jetzt seine Gefangene, Eigentum des Stammesführers, nicht mehr als seine Sklavin, ausgeliefert und bewacht von Barbaren, die jedoch nicht nur eine übermütige, rauflustige Bande aus einem der Nachbarorte war, die einzig auf Raub auszogen, das hier war eine kampferprobte Armee. Der Anführer und ein Teil seiner Männer, wohl hochrangige Krieger, trugen im Kampf, prächtige Schilde und einige gar Körperpanzer, die in der Sonne, golden glitzerten und führten edle Rosse.

Nachziehendes Fußvolk, gab es schon lange nicht mehr.

Wir jagten weit voraus, doch Ture, mit dem ich das Pferd teilte, trieb es immer wieder zurück und umkreiste die gemächlich dahinziehende Horde wie ein Hütehund.

Ich beobachtete Sie aus blinzelnden Augen.

Seltsamerweise hatte sich der Druck im Magen gelegt, die lähmende Furcht, war einer Neugier gewichen.

Ich tat gut daran, mich ruhig zu verhalten und mich meinem Schicksal zu ergeben. Waren es auch brutale, ungehobelte Barbaren die mich umgaben, so würden sie doch stets Abstand halten und den Anordnungen und Befehlen ihres Anführers blindlings gehorchen.

Man trachtete mir nicht nach dem Leben. Was auch immer mir geschehen mag, sah ich doch eine winzige Change, eines Tages zu fliehen.

Der ermüdende Ritt, schien kein Ende zu nehmen.

Mir schmerzten alle Glieder, als ich endlich am Horizont eine Siedlung erblickte, zu der die Anführer des Trupps eifrig strebten. Ein Zeltdorf mit Tipi - artigen Behausungen, aus Leder und Fellen zusammengeflickt, bestehend.

In dem Tumult, der jetzt entstand, suchte ich verzweifelt

nach dem Gesicht meines Liebsten. Ein Blick nur von ihm, würde mich schon beruhigen. Doch ich konnte ihn nicht unter den vielen hin und her wimmelnden Gestalten ausfindig machen. Oh je, haben sie ihn am Ende doch noch getötet, weil er zu wehrhaft war?

Wilde Hektik, Stimmengewirr durchbrochen von lauten Rufen der Begrüßung, erweckten meine Aufmerksamkeit. Hatte ich erwartet, liebende Gattinnen, mit einer beachtlichen Kinderschar vorzufinden, sah ich mich getäuscht. Oh ja, Kinder gab es reichlich, doch sie befanden sich nicht im Schutz einer führsorglichen, mahnenden Mutter im Familienclan geborgen.

Nein, sie schwirrten, als eine wilde Horde, ungezügelt durcheinander, stürmten uns ungebremst entgegen.

Wo aber waren die Mütter dieser munteren Rasselbande? In welches Zelt würde man mich führen.

Glaubte ich nun von meinen Fesseln erlöst, endlich wieder festen Boden unter den Füßen zu spüren, so musste ich zu meinem Ärger erfahren, dass mein Martyrium noch nicht beendet war. Nach eindringlich gebellten Befehlen des Hauptmannes, ging der ermüdend, strapaziöse Ritt weiter. Bald lag das Camp hinter uns. Eine einsame feste Hütte aus Lehm und Holz gebaut, nein eher ein Langhaus kam in Sicht!

„Das ist mein Anwesen. Ist es nicht, dass gebührende Heim für meine ehrenwerte Göttin?" Prahlte er und befreite mich endlich von meinen Qualen.

Ich rieb mir die Hände, massierte meine Beine, an denen die Schnüre, Spuren hinterlassen hatten, reckte mich und schwieg verbissen. Ein Blick zurück auf das Camp, bestätigte meine Vermutung.

Denn nun sah ich „Sie". Eine Gruppe von Frauen, hatte sich indessen aus dem Pulk gelöst. Nun folgten herzliche Umarmungen und innige Küsse.

Na klar, sie mussten sich ja erst herausputzen.

Huren, zu jedermanns Verfügung. Ein Sodom und Gomorra, fern jeglicher Moralvorstellungen. Frauen die Kinder geboren, ohne als achtbare Mutter anerkannt zu sein. Die Kinder und Frauen gehörten somit „Allen".

Wen dürfen sie Vater nennen? Überlegte ich.

„Keine Bange, du wirst bei mir bleiben, du gehörst nur mir," belehrte mich mein Peiniger und drängte mich mit fester Hand in die Behausung.

„Wie tröstlich", entgegnete ich spöttisch und erntete einen verständnislosen Blick.

Vermutlich hatte er mich nicht verstanden, denn er fügte stolz hinzu: „Nun, wie gefällt dir mein Schlösschen?"

Während er die Tür hinter uns zuzog.

Dein Schloss ist eine armselige Bruchbude, war ich versucht zu antworten. Doch das Innenleben ließ mich erstaunen. Wenn auch das Mobiliar vorwiegend aus vermutlich zusammengeraubten Gegenständen bestand. So entbehrte es doch nicht, einem gewissen Geschmack und Luxus für jene Zeit.

„Oh, es ist so düster, ich kann kaum etwas sehen und wo sind die Dienstboten – meine Zofen, die Zimmermädchen und Köche?"

Für einen Moment aus der Fassung geraten, brummte er. "Ah - aeh, sie stellt Ansprüche. Nun denn, wenn es so ist, wird für alle deine Wünsche, Sorge getragen. dir soll es an Nichts fehlen. Doch von nun an gehst du keinen Schritt mehr ohne mich. Hast du mich verstanden? Es werden stets zwei Wachen vor dem Haus stehen!"

Ha, sie will ein Stubenmädchen, eine Zofe und einen Leibkoch und sicher auch einen jungen Hausburschen zu ihrer Zerstreuung haben. So träume sie weiter, sie hat alle Zeit der Welt.

Eine Zofe, dachte er verwirrt. Sollte das ein Badegefäß sein, welches die hohen Damen der Fürsten, weit im Südosten gebrauchen, überlegte er kopfschüttelnd.

„Ich muss dich jetzt leider verlassen, habe noch viel zu ordnen. Man verlangt nach mir, ohne mich läuft alles durcheinander. Zudem wartet ein großes Festgelage mit einem süffigen Umtrunk, auf mich. Das gibt dir genügend Zeit, dich an dein neues Heim zu gewöhnen, denn hier wirst du die nächste Zeit verbringen! Solange du mir Spaß bereitest und gefügig bist, doch, wenn ich dich eines Tages überhaben sollte, dann…"

Solche Sprüche, prahlte er bei solchen Gelegenheiten, bei allen Frauen, die er sich vorher gewaltsam genommen hatte. Doch diesmal sagte er es nicht, brachte nichts dergleichen hervor. Mit einem bedauernden Nicken des Kopfes, ergänzte er sanft: „Diese Nacht wirst du allein verbringen müssen, Schätzchen. Ich habe noch wichtiges zu erledigen!"

Sie hat nicht gezetert, noch geflennt, sondern ihn eher hochmütig, abschätzend gemessen, wollte es ihm scheinen, es drängte ihn, sie in seine Arme zu nehmen. So viele Worte, die ihm auf der Zunge lagen, blieben ungesagt. Doch bevor ihm, vor bewegender, närrischer, Gefühlsduselei und Erregung die Stimme versagte und er unverzeihliche törichte Dinge schwafeln oder tun konnte, ging er. Er durfte keine Schwäche zeigen, jetzt nicht und künftighin. Er ist der Herrscher über Sein und Nichtsein, Erbarmen oder Tod - Gemetzel oder Gnade.
Ausersehen die Weiber, die ihm gefielen mit Gewalt zu nehmen. Furcht und Todesangst in ihren Augen, beflügelte, erregte ihn doppelt. Zählte es doch nach einem blutigen Gemetzel, als Belohnung, auch wenn er inzwischen seine Jugend schwinden fühlte.
Die Sucht und das Recht des Stärkeren, sich der Weiber zu bemächtigen, sie zu unterwerfen und zu schänden, vor der auch große Kriegsführer nicht gefeit waren.
Doch nach so vielen Sommern und Wintern, wohl mehr als 30 an der Zahl, an die er sich erinnerte, Kampf, Gewalt und Lagerleben, hatte sich dies Triumpf Gefühl in Verdruss gewendet und dennoch würde er immer die Freiheit brauchen, die Herausforderung, im Kampf und letztlich die

Macht über Leben und Tod.

So blieb dennoch der Traum, nach der Einzigen, alles Überstrahlenden, schön wie die Sonne, sündig und keusch zugleich. Auf der Suche nach dem göttlichen Weib, das einem die Sinne raubt. Eine, für die sich zu kämpfen und zu schinden lohnt. Doch hatte er sie niemals gefunden - bis jetzt.

Das Herz klopfte bis zum Halse. Er fühlte sich wie ein unerfahrener, dummer Bub, wusste nicht mit den neuen, unbekannten Gefühlen umzugehen. Er musste sich stärken, berauschen mit Alkohol, im Kreise seiner Mitstreiter prahlen, schlüpfrige Zoten reißen und letztendlich tun, was ein Mann tun musste.

Sich ein oder zwei Weiber nehmen - frisches Blut, für dessen Nachschub, sie ja gesorgt hatten.

Die Tür schloss sich hinter mir. Ich hörte das widerliche Geräusch des vorschieben eines Riegels.

Schon wieder ist es mir passiert, wie so oft schon, warum geschiet mir das immer und immer wieder?

Diese so leicht daher gesagten Worte von ihm, machten mich rasend. Ich schnappte keuchend nach Luft.

Die ungeheuerliche Dreistigkeit, über mich zu verfügen, ließ mich nicht sofort die passenden Worte finden, um meiner Empörung Luft zu machen. Doch jetzt war es zu spät.

Um mich herum, hatte sich ein unüberwindlicher Abgrund aufgetan. Ich schäumte vor unbändigem Zorn, fegte Krüge und Näpfe, reihenweise von den Balken, die als Regale und Anrichte dienten. Zertrümmerte alles im Wutrausch.

Ich tobte und wütete, rasend vor Zorn, trampelte auf den Scherben herum, bis meine Kräfte erlahmten und ich merkte, dass ich nicht alleine war. Ein altes Männlein löste sich aus dem Dämmerlicht und trat mir kopfwiegend entgegen.

„Oh - was habt ihr angerichtet, der Herr wird uns zürnen. Wisst ihr nicht, dass ihr ausersehen seid?"

„Ausersehen wofür?" Fauchte ich atemlos.

„Nun so wisset, unbändige Märtyrerin, die Götter haben es mir prophezeit!"

„Ja was denn?"

„Es wird kommen die Eine, die euch von allem Übel erlöst und die Sünder auf den rechten Weg führet und all dem sündigen Treiben ein Ende bereitet.

So nehmt von mir diesen Trank entgegen, der wird euch die Erleuchtung bringen!"

Wenn er auch nicht diese, Worte so aussprach, so waren sie doch sinngemäß.

Ein alter Weiser, ein Schamane, dachte ich.

Sprachlos zunächst, schüttelte ich wild den Kopf, meine Gedanken wirbelten wild durcheinander.

„Ich will das alles nicht, will keine Göttin sein, ach ich bin des ewigen Kämpfens so müde," stieß ich verstört hervor.

„Ruhig mein Kind – ruhig. Nehmt den heiligen Trank zu euch und alles wird sich zum Guten wenden!"

„Was ist das für eine Mixtur, was soll sie bewirken?"

„Das ist der Trank der Erkenntnis."

„Ich verstehe, ein Rauschmittel aus Giftpilzen.

Sie verursachen Halluzinationen, gaukeln eine Traumwelt mit Domänen, Göttern, Teufeln und Hexen vor.

Doch ich will nicht hier herumgeistern, mit wirren Wahnvorstellungen - sehen, was es gar nicht gibt," ereiferte ich mich.

„Aber es gibt sie alle, ihr müsst euch nur mit ihnen verständigen, denn ihr seid eine von Ihnen!" Betonte er.

„Oh nein, ich bin – ich bin die Wahrheit, ich brauche keinen Rausch, keine Halluzinationen, denn ich bin - wenn ihr es so wollt, die einzige Göttin der Wahrheit."

Oh je, was rede ich für einen Unsinn, ich muss den Verstand verloren haben. Aber wenn es mir hilft in meiner hoffnungslosen Lage, so soll er mich als mächtige Göttin sehen. Doch welche Macht kann ich geltend machen, womit kann ich mich hervorheben? Außer mit den wenigen Dingen die mir geblieben waren, die ich stets bei mir trug, wie meine Taschenlampe, Feuerzeug und das winzige Tonaufzeichnungsgerät, von dem ich nach Belieben, Musik und Stimmen ertönen lassen konnte.

So konnte ich zwischen meinen Fingern, eine Flamme zaubern, einfach so. Ebenso könnte ich mit meinen Händen einen grellen Lichtstrahl senden, ein unerklärliches, gespenstisches Licht, das die Nacht erhellt und Alle blendet. Zudem wäre ich mächtig, fremde Stimmen und Gesang auszusenden, ohne meine Lippen zu bewegen, wie ein Bauchredner. Nun ja, das genügte fürs Erste, die Illusionen der Zauberkraft zu erwecken, überlegte ich fieberhaft.

Doch ich musste unbedingt bei klarem Verstand bleiben, es wäre fatal, würde ich benebelt halluzinieren und den Verstand verlieren. Doch anderseits, darf ich den Alten nicht vor den Kopf stoßen, denn ich brauchte nichts nötiger, als einen Verbündeten.

„So gebt mir in Gottesnamen den Trank, wenn ihr glaubt, dass er Gutes bewirkt! Aber lasst mich allein, ich muss mich besinnen und meine Kräfte sammeln."

„Hm - aber ihr solltet jetzt nicht allein sein, bedenkt die Wirkung und die Folgen!"

„Nun - ihr seid ja in der Nähe, um mich zu bändigen. Also was ist nun?"

Bereitwillig händigte er mir das Getränk aus und wartete ungeduldig, dass ich es an die Lippen setzte. Was ich auch tat. Es war bitter und widerlich süß zugleich. Doch ich behielt es im Mund, bis ich glaubte, ersticken zu müssen und meine Wange würden zerplatzten. Bis ich ihn endlich befriedigt nickend - gehen sah.

Augenblicklich spie ich die Übelkeit - erregende Flüssigkeit, angewidert aus. Keuchend nach Luft ringend, einer Ohnmacht nahe, hoffend - nicht zu viel davon abbekommen zu haben. Denn vermutlich hatte ich nach der langen Zeit, es im Munde behalten zu haben, über die Schleimhäute viel mehr des berauschenden Giftes aufgenommen, als geglaubt.

Mit einer schnellen Bewegung, kippte ich den Rest im Bechers, zwischen die verzierten Truhen, die überall herumstanden.

Mein Kopf schien zu bersten, weil ich zu lange die Luft angehalten hatte. Bald darauf erschien das alte Männlein wieder im Raum.

„So ist es recht, nun werde ich euch auf eure Reise in die Welt der Magie und Mythen begleiten."

Er beobachtete mich eine Weile wortlos, bis er schließlich sagte: „Nun – was seht ihr?"

„Ich sehe einen Wald voller wüster Gestalten, sie tanzen um mich herum, Lachen, Singen und greifen nach mir."
Ich drückte den Knopf des Rekorders, den ich in meiner Capetasche ertastete. Worauf ein unverständlicher Sprechgesang, in einer fremden Sprache erklang, der ihn erschrocken zusammenfahren ließ.
„Ihr müsst sie bekämpfen, die Satansbrut, vernichten, kraft eurer Macht über Sie!" Stieß er aufgeregt hervor.
„Oh - ja, ich werde Sie blenden und verbrennen".
Jetzt zündete ich das Feuerzeug, ließ darauf den Strahl der Taschenlampe erleuchten und blendete Ihn, so dass er erschrocken zurückfuhr.
„Bei allen Göttern, Ihr seid es wahrhaftig, die Eine, die mir angekündigt, die Welt zu erlösen und das Unheil zu vertreiben. Ich wusste es, als ich euch sah!"
Ehrfürchtig zog er sich bibbernd zurück. Er flüchtete geradezu vor mir. Ein Schwindel erfasste mich, ließ mich schweben. Ich war in einer mystischen Scheinwelt gefangen.
Ich weis nicht, wie lange ich in diesem Zustand verweilte. Mein Kopf war leer, als ich mich allein in der düsteren Hütte wiederfand.
Ich hatte meine Flügel verloren, vegetierte, verkümmerte wie ein Pflänzchen aus der Erde gerissen, verdorrt wie eine Blume ohne Wasser. Ich wusste das ich keine Ruhe mehr finden würde. Sollte ich den Rest meines Lebens unter diesen grausamen Raubtieren verbringen?

Günter kämpfte verbissen. Er teilte, im Mut
der Verzweiflung, Fausthiebe und Fußtritte aus.
Einen Moment schien er die Oberhand, gegen die, im
Faustkampf ungeübten Schurken, zu gewinnen und Sie zu
überwältigen. Nun musste es ihm gelingen, an seine
Waffen zu gelangen, dann…
Doch bevor er sie ergreifen konnte, traf ihn ein gezielter
Schlag mit dem Knauf einer Lanze und warf ihn zu Boden.
Sogleich warfen sie sich über ihn und fesselten ihn zu
einem wehrlosen Bündel.
„Zum Teufel mit Euch, ihr Satansgezücht", brüllte er
wutschnaubend, als sie Ihn erbarmungslos aus dem Hause
zerrten und auf ein Pferd banden.
Und los ging der wilde Ritt in das Ungewisse. Sie verloren
keine Zeit, denn sie hatten Order, die wertvolle Fracht vor
den Anderen in ihr Lager zu schaffen. Ihm darf nichts
geschehen. Ein gelehrter Weiser. Wohl von einem
Göttergeschlecht abstammend.
Es geht die Kunde, er hat alles Wissen der Welt.

Er schnupperte den Rauch der niedergebrannten Hütten,
sah die Verwüstung des einst aufstrebenden Dorfes, das
nun mehr aus verkohlten Holzbalken und loderndem
Strohresten bestand. Ein Bild des Grauens.
Verzweifelt suchten seine Augen, seine Liebste in dem

Getümmel von Reitern, ausfindig zu machen.

Doch sie blieb seinen Blicken verborgen.

Alles würde er ertragen, wenn er sie nur unbeschadet wüsste.

Bald lag der Trupp weit hinter ihnen, von dem sie sich immer weiter entfernten. Die Tortur, auf dem Pferderücken, schien kein Ende zu nehmen.

Alle Knochen im Leib schmerzten, die Fesseln die seine Glieder einschnürten, marterten ihn.

Sein Kopf brummte von dem Hieb mit der Lanze.

Vergebens versuchte er, mit der Anpassung seines Körpers, die Erschütterung des galoppierenden Pferdes abzufangen.

Stunden zogen dahin, Regen und Wind peitschten Büsche und Gräser und nahmen ihm die Sicht. So hatte er nicht mehr als eine Ahnung, wo sie sich befanden und wo die Reise vermutlich hinführen würde, doch sein Unbehagen wuchs. Seine Qual nahm ein Ende, als sie schließlich bei Sonnenuntergang am Ziel des Weges das Lager erreichten und er wortlos in eine erbärmliche Hütte gestoßen wurde.

Doch die seelische Qual, sollte erst beginnen.

In seinem Kopf, geisterten täglich die gleichen Bilder.

Er sah die Kiste mit den zum Teil schon geladenen Waffen, in seinem ehemaligen Haus im Tal am Berge, seiner harren.

Falls Jonny überlebt hatte, bedurfte es nur weniger tapferer Männer, die ihm wohlgesonnen, um mit einem Überraschungsangriff, mit gezielten Salven, die gesamte Armee auszulöschen. Wenn er sie in der Stätte ihrer

Zusammenkunft überraschte. Doch all das war und blieb nur Spekulation.

Die Zeit verrann sinnlos mit Warten. Obgleich sein Tag ausgefüllt war, weil man sein Wissen, seine Heilkunst und seine aufrichtige Art zu schätzen wusste. Denn Krankheiten gab es genug zu heilen und Kinder waren reichlich auf die Welt zu holen, dennoch begleitete ihn ständig ein Gefühl der Leere. Es gab nichts mehr, wofür es sich zu leben lohnte, ohne Sie.

Rückblick.

Nachdem die Krieger die Waffen im großen Steinhaus, im Tal am Berge, für unnütz abgetan hatten, sahen sie keinen Sinn darin, die schweren vermeintlichen Werkzeuge, deren Wert sie nicht kannten, als unnötigen Ballast mit zu schleppen. Der Beute, die sie gemacht hatten, gab es genug. Nicht zu vergessen, die knackigen, jungen Weiber. In Vorfreude auf diesen Genuss, leckten sie sich die Lippen. Was gab es köstlicheres für einen Mann, als ein widerstrebendes Weib zu unterwerfen.

War es noch Nacht oder graute bereits ein neuer Morgen, als ich mit schwerem Kopf erwachte - als hätte ich einen Kater. Hätte ich einen kräftigen Schluck genommen, wäre ich noch voll auf dem Trip.

Ein undefinierbares Geräusch hatte mich geweckt! Ich riss die Augen auf und sah zunächst nur eine schemenhafte Gestalt sich aus dem Dämmerlicht schälen. Ich brauchte eine Zeit, mich an das spärliche Licht zu gewöhnen.

Mein Peiniger war es, der mit glasigen Augen, von einer Wolke Fusel umströmt, sinnend vor mir stand.

Erschrocken und angewidert, zog ich die Felldecke bis zum Kinn. Doch die Ausweglosigkeit meiner Lage, kehrte sich ins Gegenteil und machte mich mutig – der Mut der Verzweiflung.

„Pfui – du wagst es mir unter die Augen zu treten, du Scheusal!" Er räusperte sich unbehaglich und hob die Hände.

Einen Moment glaubte ich, er würde mich nun schlagen. Doch er wankte brummend an mir vorbei, warf sich grunzend auf ein Fellbündel und schlief augenblicklich. Ein lautes Schnarchen erfüllt den Raum. Meine Hoffnung, er möge in seinem Alkoholrausch, vergessen haben, die Tür zu verschließen, blieb unerfüllt.

Ich war gefangen mit ihm in einem Raum. Oh – je, was wird nun, wie wird es weitergehen, was soll ich jetzt tun um mir die Zeit zu vertreiben. Eingesperrt in dieser erbärmlichen, düsteren Unterkunft? Untätigkeit war mir verhasst. So schlich an ihm vorbei und begab mich auf die Suche nach dem Alten, in das Labyrinth des vollgestopften Langhauses, bis ich ihn in einer abgeteilten Nische über eine Feuerstelle gebeugt, geschäftig mit irdenen Näpfen hantierend, fand.

„Oh ihr kommt gerade zur rechten Zeit, Herrin", wisperte er und reichte mir eine dampfende Schüssel. „Kommt und stärkt euch erst einmal an dem sättigenden Hirsebrei.

Das Fleisch muss noch eine Weile garen. So setzt euch hier auf den Schemel."

„Habt Dank mein Freund, doch sagt mir, was ist künftighin meine Aufgabe in diesem Gemäuer? Ihr glaubt doch nicht, ich werde mich hier mit Untätigkeit begnügen!"

„Oh, eure Aufgaben sind vielfältig und reichen in die Zukunft, beflügeln meine Hoffnung, nutzt eure Macht und bekehrt den Ungläubigen. Ihr allein seid in der Lage dazu, betonte er vieldeutig. Ich hingegen kann nur die Befehle und Anordnungen meines Herrn befolgen!"

„Ah - ja, so wie ich euch einschätze, glaube ich vielmehr, dass der Herr euren Anweisungen als klug - vorausschauender Berater folgt!"

„Ach, wenn es nur so wäre. Er ist ein ungehobelter Bursche, uneinsichtig, wild und ungebändigt. So bräuchte er ein starkes Weib, das ihn bändigt und leitet!"

„Nein - oh nein, ich kann dieses Weib keinesfalls sein, denn wisset, ich bin seit einer halben Ewigkeit in heiliger Ehe gebunden!" Rief ich entrüstet aus. „Wie ihr sicher wisst, hat er mich entführt, mit Gewalt geraubt, direkt aus den Armen meines geliebten Gatten!" Fügte ich leidenschaftlich hinzu und brach in Tränen aus.

„Oh - aeh - das wusste ich nicht, ich meine, dass ihr gebunden seid! Das allerdings ist eine Sünde. Der allmächtige Gott Odin wird ihn strafen für sein sündiges Leben," brauste er erbost auf und bedachte mich mit mitleidigen Blicken, sinnend den Kopf wiegend.

„Auch die Erdgöttin Vesta grollt uns schon lange und straft uns mit wirren Wetterkapriolen, Nichts ist mehr wie früher. Sommer und Winter geraten durcheinander, laufen nicht mehr wie gewohnt. Dem Frühling folgt der Winter, doch über dem Schnee glüht die Sonne mit erbarmungsloser Hitze. Die Erdgöttin wettert und zürnt uns. Denn schon seit dem Anfang der Zeit, lehrte sie die Menschheit, die Erde zu nutzen und den Acker zu bebauen, auf das er Frucht trage und die Menschen nährt. Doch seht selbst!"

Er führte mich an die winzige Rauchabzugsöffnung im Dach.

„Da seht selbst. Das umliegende Land mit seinem schwarzen, fruchtbaren Boden, liegt brach und wurde niemals genutzt. Keiner bearbeitet die Scholle im Schweiße seines Angesichts. Sie säen und ernten nichts, sie leben nur von Raubüberfällen und ungezügeltem Morddrang, was die Erdgöttin erbost und sie veranlasst, uns zur Strafe, das launische Wetter zu schicken."

„Nicht nur das ist es, was mich beängstigt und beunruhigt, fuhr er fort. Kürzlich sah ich bei einem meiner Streifzüge ins Moor, ein Heer Soldaten in rasender Geschwindigkeit, sich aus dem Nebel lösen. Sie trugen merkwürdige Helme und silbern glitzernde Schwerter aus einem unbekanntem Metall, das es gar nicht gibt!"

„Ich warf mich in Todesangst zu Boden, um nicht gesehen zu werden. Doch ehe sie mich überrennen und zermalmen konnten, waren sie schon wieder verschwunden, hatten sich in Luft aufgelöst, oder sind sie womöglich vollständig im Sumpf versunken?"

Ich horchte auf. So waren die schädlichen Strahlen aus dem Jenseits bis hier vorgedrungen.

Doch die Witterung war gemäßigter. Die Zeitsprünge, wie wir sie erlebten, fanden eher selten statt.

Dennoch bestand gefühlsmäßig keine bestimmte Jahreszeit. Wie ich bald selber feststellen sollte, schwankte Sie nicht mehr, zwischen Jahrtausenden, sondern eher zwischen Jahrhunderten. All das Paradoxe geschah auch hier, doch in abgeschwächtem Ausmaß, überlegte ich.

Doch mein Wissen über die Ursachen, die ungeordneten Zeitabläufe, behielt ich für mich, denn es spielte keine Rolle - änderte nichts an meiner derzeitigen Situation.

Ja, das alles ist paradox und jenseits allen Verständnisses. Auch – und besonders solch nahrhaften Boden, von Gott geschenkt, nicht zu nutzen, pflichtete ich ihm in Gedanken bei.

Doch darauf würde ich später zurückkommen…

Denn ich hatte so etwas, wie Mitleid in seinen Augen gesehen, als ich von meiner innigen Verbundenheit mit meinem Gatten sprach. Um daran anzuknüpfen, bat ich flehentlich:

„So habt doch ein Herz und lasst mich auf der Stelle frei. Führt mich zu meinem Gatten, wo ich hingehöre,"

flocht ich, an seine wütend ausgestoßenen Worte, des

sündigen Verhaltens seines Mündels an.

„So einfach wie ihr glaubt, geht das nicht. Er würde mich töten, noch bevor die Sonne versinkt, damit wäre euch nicht geholfen, denn er duldet keinen Rivalen in seinem Reich. Er leidet an einer paranoiden Selbstüberschätzung seiner Person!"

Waren das auch nicht direkt seine ausgesprochenen Worte, so doch sinngemäß.

„Euch bieten sich zwei Möglichkeiten. Entweder ihr geduldet euch, bis sich seine heiße Flamme, euch zu besitzen abgekühlt hat, oder…"

„Ich soll warten, bis er mich eines Tages überhaben sollte?" fiel ich ihm hitzig ins Wort.

„Ach Kindchen, es gibt fürwahr, Schlimmeres, als die bevorzugte Geliebte des Stammesführers zu sein. Bedenkt nur, welche Vorteile es euch den anderen Weibern gegenüber, die ihn anhimmeln, bietet. Die Zeit wird es bringen!"

„Aber was soll ich anfangen in der Zeit des Wartens?"

„Als erstes müsst ihr den Teufel, der ihn beherrscht, vernichten. Zudem wird er Euch schon bald beschäftigen. Glaubt mir, noch heute werdet ihr, die am meisten beneidete Person des Lagers sein!"

So kam es dann auch, doch was brachte mir der Neid der anderen. Viel lieber hätte ich sie als Verbündete in meiner Isolation.

Geschäftig hantierte er mit Töpfen und Näpfen und häufte

mir einen Berg, duftenden Bratens auf eine irdene Schale, während er zwanglos plaudernd eine heimelige Atmosphäre zu schaffen versuchte. Was ihm auch gelang, denn ich hatte einen Bärenhunger. Die Wärme - das Knistern des Feuers im Dämmerschein, beruhigten meine überspannten Nerven.

So verstrichen Stunden in belangloser Unterhaltung, bis ich schließlich gesättigt und ermüdet, wieder meinen Schlafplatz aufsuchte, um in Ruhe meinen Emotionen, freien Lauf geben zu können.

Oh Liebster, sendete ich meine sehnsuchtsvolle Telepathie aus. Wenn es dich noch gibt und dein Herz noch für mich schlägt, werde ich dich suchen und finden, dachte ich, bevor ich in wüste Träume versank.

Das Geräusch von schweren Schritten weckte mich.

Ich stellte mich schlafend, doch ich blinzelte zwischen den Wimpern hervor und sah ihn, den gefürchteten, sittenlosen Wüstling.

Er schritt erregt vor mir auf und ab.

„Es scheint mir, als vergehe ich mich in Fantasien", murmelte er, während er sich schließlich über mich beugte und mit einer einzigen Bewegung, die Felldecke, die mich schützte, von mir riss.

„Wehr dich nicht, es nützt dir nichts. Du gehörst mir."

Doch ich wehrte mich verzweifelt. Kratzte, spie, schlug und trat nach ihm. Denn ich war nicht imstande, in diesem Moment vernünftige Betrachtungen anzustellen. Ich hatte kein Empfindungsvermögen, wollte nicht nur eine leere, gefühllose Hülle aufnehmen. Doch meine wütende Gegenwehr, nutzte nichts, er war stärker und unterwarf mich. Ich zeigte keine Regung, zwischen den Fellen, nicht heut und nicht in den folgenden Nächten.

Der Zwang und der Druck marterten mich, ich war gebrochen, in tausend Scherben zerfallen, ein Nichts.

Ich hatte kein Empfindungsvermögen mehr. Anstatt mich anschließend, behaglich in seinen Armen zu aalen und genussvoll zu seufzen, wimmerte ich leise, gottergeben in mich hinein. Was ihn in seinem Stolz verletzte und unheimlich kränkte.

„Was ist nur mit dir Liebchen, habe ich mich nicht bestens bemüht?" Brummte er, ein über das andere Mal.

„Ich werde dich niemals respektieren und achten, du Weiberschinder. Wie konntest du mich nur wissentlich von meinem Angetrauten fortreißen und trennen. Das ist ungeheuerlich und nicht verzeihlich. Ich werde dich immer nur hassen, solange es dich gibt und du keiner Einsicht willens bist. Ich verfluche dich und nun geh mir aus den Augen", spie ich ihm zornblitzend entgegen.

Ich schmollte und schwieg tagelang, würdigte ihn keines Blickes, ignorierte ihn, zeigte keine Regung, als wäre er nicht vorhanden. Doch damit war die Toleranzgrenze, dessen, was er achselzuckend zu erdulden im Stande war, noch lange nicht überschritten.

Bisweilen fühlte ich mich wie ein eigensinniges Kind,

welches auch seinen Willen bekam. Er ging auf meine Wünsche und Marotten ein, überhäufte mich mit Geschenken - unnützem Tand wie Broschen und Bronzefiguren, unter anderem geprägte Goldstücke. Zierrat mit dem ich nichts anzufangen wusste, das jedoch für Archäologen des 20 und 21 Jahrhundert von unermesslichem Wert sein könnten. Worauf ich aber, auf meine Frage, nach dem „Woher?" keine Antwort bekam.

Er begleitete mich, wenn auch mürrisch, wenn es mich drängte, bei Mondschein den See glitzern zu sehen. Er brummte wie ein Bär, doch insgeheim dachte er ergriffen: Ich gebe ihr alles was sie will, wenn ihre Hand mich nur berührt - wie zufällig auf meinen Schultern, meinem Arm verweilt.
Ich streifte seinen Nacken, sein Haar, um schließlich mit festem Druck auf seiner Stirn zu verweilen. Wo sollte ich mich sonst festhalten. Er trug mich geduldig, bisweilen kichernd, wie ein übermütiger Bub auf den Schultern, durch das Feuchtgebiet vor den Sümpfen.
Er ergötzte sich an meiner Freude, unter dem Sternenhimmel, die reine Nachtluft zu kosten, was keiner sah. Doch leider setzte er mir Grenzen.
In einem Punkt jedoch, war er unerbittlich. Eines konnte und wollte er mir nicht gestatten, nämlich - mir meine Freiheit zurück zu geben.
So blieb mir nur der tägliche Trip in das umfangreiche Lager und die wunderschöne Umgebung. Wobei er es sich

angedeihen ließ, mich selbst zu begleiten, um mich stolz seinen Untertanen vorzuzeigen. Natürlich nur im Gefolge der wachhabenden Soldaten, welche stets zu meiner Überwachung bereitstanden und uns gelangweilt, überall hin, begleiteten. Was viele neidvolle Blicke der anderen auf uns zog. Unsere kleine Abordnung, erregte die Gemüter und zog sämtliche Bewohner auf den Plan, die neugierig unseren Auftritt verfolgten.

Doch nicht immer war es ihm möglich, mich zu begleiten. Denn er heckte längst einen Plan für einen neuen Überfall aus. Zudem sah er sich in der Pflicht, als Stammesführer, Streitereien zwischen den Weibern zu schlichten und Wogen zu glätten, Todesfälle und Geburten zu dokumentieren.

So geschah es immer öfter, dass ich nur von zwei Soldaten eskortiert das Lager aufsuchen konnte. Was ich begierig nutzte, um mich dort gründlich umzusehen. Ich musste endlich Gewissheit haben, dass mein Liebster noch lebt. Wozu sollte ich noch weiterleben, ohne Ihn? Mein Gott, gab es denn kein Lichtblick?

Mein Herz schien zu zerspringen und hüpfte vor Freude, als ich Ihn das erste Mal sah. Spontan wollte ich zu ihm eilen und begann zu laufen. Auch er hatte mich gesehen und lief mir entgegen. Doch ich wurde brutal von einem meiner Wächter gepackt. Der andere stürzte sich auf meinen Liebsten und hielt ihn mit seiner Lanzenspitze in Schach. Arme wie Schraubstöcke, die mich zu zerquetschen schienen, bugsierten mich den Weg zurück, den wir gekommen waren. Hilflos musste ich die Erniedrigung über mich ergehen lassen.

Ein Menschenpulk hatte sich indessen angesammelt. Hämische, schadensfrohe, aber auch mitleidige Blicke folgten uns.

„Las mich auf der Stelle los, du Bestie, du tust mir weh!" Brüllte ich, außer mir vor Zorn und trat nach ihm.

„Oh Schönste, ihr dauert mich zutiefst, aber ich folge nur seinen Befehlen!" Knurrte er und packte mich noch fester.

„Welchen Befehlen habt ihr noch zu folgen?" Fragte ich aufgebracht.

„Nun, wir müssen allzeit Sorge tragen, dass Ihr Euch niemals begegnet. Nun ist es geschehen, der Hauptmann wird wüten," fügte er entschuldigend hinzu.

„Der Hauptmann muss es ja nicht wissen," lenkte ich beschwichtigend ein.

„So lockert wenigstens euren Griff, ich habe verstanden und füge mich. Mein Gott, gibt es denn keinen Ausweg für uns? Und sei es nur ein geheimes Treffen."

Dieser niederschmetternde Vorfall, hatte keine Folgen, außer dass ich nun Gewissheit hatte, dass sich mein Liebster, nicht weit von mir und sich bei bester Gesundheit befand.

Zunächst zog ich es vor, das Camp nicht erneut aufzusuchen, um Gras über die unschöne Begegnung wachsen zu lassen. Zudem wollte ich die nähere

Umgebung bei Tag und mit wachen Sinnen, kennen lernen und erforschen.

Der See erregte meine Aufmerksamkeit und machte mich stutzig. Wenn er auch in seinem Ausmaß und dem ihn umgebenden Moor, nicht meiner Erinnerung entsprach. So ahnte ich doch mehr und mehr, wo ich mich befand. Auch wenn es außer dem See keinen Anhaltspunkt gab, denn das düstere Moor, das den See umgab, zog sich weit in das Land hinein. Doch mit jedem weiteren Schritt, erlangte ich die Gewissheit.

Hier also bin ich gelandet. Hier ist der Ort wo einst – weit in ferner Zukunft das gräfliche Schloss erstehen und somit die Wurzeln und die Wiege meines Liebsten sein wird. Diese Erkenntnis warf mich um.

Hier habe ich gelebt um 13 Hundert, in aufgezwungener Ehe mit Giesbert, dem unsterblichen Ritter. Wie erstaunt war ich damals, als ich 13 Hundert das Schloss, in welches man mich verschleppt hatte, wiedererkannte - als ich aus dem Koma erwachte. Ebenso um 16 Hundert mit Uhland. Ach und die unschuldigen reinen Romanzen mit Hector und Siegbert. 18 Hundert war es der falsche Onkel, an den ich unter Zwang gebunden war. Nun hat mich das Schicksal erneut hierhergetrieben.

Seit 1869 - 2100 bin ich schon mit meinem Günter in glühender Liebe verbunden. So eine lange Zeit, die ewig währen sollte. Immer war es dieser See. Immer hatte ich den See vor Augen, den ich lieben und hassen gelernt hatte und der mein Schicksal bestimmte.

Wie oft schon, bin ich um den See gelaufen, habe Pilze und Kräuter gesammelt, hinter dem Sumpf, dort wo der Wald begann und Kevin auf mich wartete. Kevin der Rebell.

Ach, das war ja in einem anderen Leben, ich bringe alles durcheinander.

„Lasst uns hier eine Rast einlegen, ich muss mich besinnen", sagte ich zerstreut zu meinen ständigen Begleitern.

„Nur zu gern. Solange es der jungen Herrin beliebt. Alle beneiden mich um den außergewöhnlichen Dienst, der nur darin besteht, ein so göttliches Weib wie euch begleiten zu dürfen. Ich muss gestehen, ihr raubt mir die Sinne und…   Oh ich könnte euch nie ein Leides zufügen", bekräftigte Hoger, der sanftere von Beiden, der mir sehr zugetan war.

„Schweig - beherrsche er sich, er weis nicht was er redet," entgegnete ich halbherzig, während Er sich wohlig grunzend im Gras ausstreckte und bald darauf eindöste. Ich konnte mich nicht trennen von dem schicksalhaften Ort, konnte mich von dem Anblick nicht losreißen.

In Erinnerung an die vielen Episoden meines Lebens versunken, die aus Bruchstücken sich aneinanderreihten. So kam es, dass die Dunkelheit uns überraschte und meinen Begleiter, erschrocken auffahren ließ.

„Wir müssen eiligst aufbrechen Herrin, die Dunkelheit im Moor ist mir nicht geheuer."

„Doch es lässt mir keine Ruhe. So klärt mich doch endlich auf, denn man munkelt im Lager, aeh - nun ja, man sagt, dass ihr eine Göttin seid, welcher Macht seid ihr fähig?"

„Hm – vielleicht bin ich überirdisch, denn die Dunkelheit kann mich nicht ängstigen, ich kann sie jederzeit erhellen. So kann ich eine Flamme zwischen meinen Fingern entzünden - seht so…   Und mit einem Fingerzeig kann ich einen grellen Strahl erzeugen, der die Dunkelheit erhellt!"

Nachdem ich mein Feuerzeug gezündet, blendete ich ihn mit dem Strahl der Taschenlampe und erfasste mit dem Strahl auch den anderen, der in Panik davonlief.

„Oh ihr verbrennt mich! Oh - meine Augen, ich kann nichts mehr sehen! Bei allen Göttern, ihr seid es, fürwahr - die Göttin des Lichts," stammelte er und bedeckte sein Gesicht.

„Doch wenn ihr eine Göttin seid, warum könnt ihr euch nicht erheben, von hier an einen anderen Ort?"

„Da ich nicht die Göttin des Lichtes bin, sondern eher die Göttin der Wahrheit, ist es mir nicht möglich zu wandeln und an mehreren Orten gleichzeitig zu erscheinen.
Ich bin wahrhaftig, ohne Täuschung, Trug und Magie.
Ich dulde keine Lügen und kein Unrecht. Alle Sünder werden zum Jahreswechsel, ihre gerechte Strafe erhalten!"

Bekräftigte ich grollend und wendete mich zum Gehen.
Ich lief, in mich hinein kichernd den Pfad zurück.
Der Schein der Lampe wies mir mühelos den Weg, sodass ich mich immer weiter von dem, hinter mir her

stolpernden Hoger, entfernte.

Mein Gott, was wäre das Leben, ohne ein bisschen Spaß und Unfug, dachte ich und fühlte mich zum ersten Mal frei und überlegen. Wenn ich mich doch immer so frei bewegen könnte!

Nach diesem köstlichen Abenteuer, dem einzigen Lichtblick in meiner penetranten Gefangenschaft, zog es mich unwiderstehlich ins Lager zurück, wo ich meinen Liebsten wusste.

Ich appellierte an die Ehre meines Entführers, der mich nach wie vor, als sein Eigentum betrachtete. Ich versuchte es mit Sanftmut und Schmeicheleien, vergebens, er war nicht Willens mir etwas mehr Freiheit zu gewähren.

So war ich gezwungen, weiterhin patroulliert, von meinen begleitenden Wachen, durch die Gemeinde zu stolzieren, von Hoffnungslosigkeit zermürbt.

Noch zwei Mal sah ich meinen Liebsten im Gedränge, das sich wie immer um uns gebildet hatte. Ich wollte ihm etwas zurufen, um seine Stimme zu hören.

Es war, als hielten alle die Luft an, um das Schauspiel, das sich ihnen bot, gebührend zu genießen. Doch im nächsten Moment war er verschwunden, von den Wachen verdrängt. Stattdessen sah ich ein anderes, mir wohlbekanntes Gesicht, sich aus der Menge lösen.

Justin war es, der mir mit leuchtenden Augen, entgegeneilte.

„Justin, du hier? Ich glaubte dich tot", rief ich verwundert und gleichzeitig beglückt, eine vertraute Person wieder zu finden. „Wie ist es dir gelungen, dem Gemetzel zu entgehen?"

„Ach, das ist schnell gesagt. Ich habe die beschränkten Schergen des Führers, mit List und Tücke überrumpelt und auf meine Seite gezogen", brüstete er sich grinsend.

„Stell dir vor, jetzt bin ich der erste Vertraute des Hauptmannes. Ich kann mich frei bewegen und genieße alle Vorzüge und eine gewisse Macht. Man lässt mich nicht nur wirken, wie es mir beliebt, sondern Alle, sind geradezu begeistert, von meinen Ideen. Denn ich bin im Begriff, ein großes Monument zu bauen. Ein Bau, einer Burg gleich, mit einem Turm bis in die Wolken. Ha – ha, sie glauben doch tatsächlich - so in den Himmel zu gelangen, zu den Göttern. Komm, sieh dir es an, ich werde es dir zeigen!" Er ergriff meinen Arm und zog mich mit sich.

Während meine Bewacher, die mir mittlerweile ebenso vertraut, wie ergeben waren, großzügig - gelangweilt zur Seite schauten, als hätten sie nichts bemerkt und hinter uns her trotteten.

Nun sah ich es mit eigenen Augen.

Hinter dem Dorf, nicht weit vom See entfernt, direkt vor dem Moor, erblickte ich die Grundmauern eines Gebäudes aus Felsbrocken, wie eine Burg, einer Festung gleich, klotzig und uneinnehmbar.

Noch hatte es nicht viel an Höhe gewonnen, doch die vielen Handlanger, die sich auf der Baustelle tummelten, würden sicher bald zur Vollendung des großen Wunderwerkes beitragen. Ich bestaunte gebührend sein Werk.

Doch etwas anderes zu erfahren, brannte mir viel mehr auf der Seele, denn es drängte mich, von ihm etwas über meinen Liebsten zu erfahren. Ich konnte mich nicht zurückhalten, diesbezüglich Fragen zu stellen.

„Ach der, um den brauchst du dir keine Sorgen zu machen", bemerkte er abwinkend. „Auch der hat freie Bahn. Alle - besonders die Weiber, sehen zu ihm auf wie zu einem Heiligen und himmeln Ihn an."

Wenn der wüsste, dass ich alle Waffen, Munition und seine eisernen Arzneireserven, längst in meinem Besitz, in der unterirdischen Grotte - meinem Lager habe. Wo ich ebenso Unmengen von Lebensmitteln gebunkert habe. Auch über das Treiben meiner aufsässigen Tochter, bin ich bestens informiert, dachte er, in sich hinein grinsend.

Ja Günter konnte, wenn er wollte, doch es kam ihn niemals in den Sinn, eindeutige Angebote, freigiebig mit Sex als Lohn für seine Dienste anzunehmen.

Oh ja, Huren gab es zu jeder Zeit. Das Handwerk der Huren, war ein notwendiger Bestandteil einer gut funktionierenden Dorfgemeinschaft mit Männerüberschuss. So waren sie keineswegs verrufen, vollzogen sie doch ein ehrenwertes, fachliches, uraltes Wissen.

Von alldem hatte ich jedoch keine Ahnung, als ich mich

Tags darauf, auf meinen gewohnten Abstecher, in das Lager begab. Wie immer hatte sich ein neugieriger Menschenpulk um uns versammelt, der überwiegend aus Frauen und lärmenden Kindern bestand.

Ich erkannte einige Frauen aus unserem Dorf wieder und begrüßte sie, zu Tränen gerührt.

„Wie ist es euch ergangen, geht es euch gut hier?"

„Nun ja, wir haben alles was wir benötigen, wir leiden keinen Mangel, doch wir sind nicht mehr als ..."

„Genug jetzt der trauten Zusammenkunft", ermahnte mich Torben, mein zweiter Bewacher und drängte mich barsch aus der Menge.

Ärgerlich versuchte ich ihn abzuschütteln, ich hatte noch so viele Fragen, doch er zog mich unerbittlich mit sich fort.

Gewiss waren es nicht nur Spaziergänge bis an das Moor. Freilich marschierten wir auch in andere Richtungen.

Nicht selten unter Protest meiner Wachen, legten wir oft meilenweite Strecken zurück.

Mein erhofftes Ziel war natürlich, das Tal am Berge zu erreichen. Doch war es unmöglich, im trottligen Schlendergang, der lauffaulen Krieger, in weniger als einem halben Tagesmarsch, in das ersehnte Territorium zu gelangen.

Bisweilen hakte ich mich arglos in Hogers Arm ein. Was er selig grinsend befürwortete. Welches jedoch den Neid meines anderen Bewachers hervorrief und bald zu bösen

Verleumdungen führte. In seiner Wut, stellte Torben es so hin, dass es wiederholt zwischen Hoger und mir, zu unschicklichen Vertrautheiten gekommen wäre.

Gehässig schwärzte er uns bei Ture, dem Stammesführer an. Ture tobte vor unbändigem Zorn, als es ihm zugetragen wurde und ordnete umgehend die Vollstreckung der Todesstrafe, durch köpfen mit dem Säbel an.

Er trachtete, den vermeidlichen Rivalen umgehend zu exekutieren. Doch meine hartnäckigen Beteuerungen, alles wäre übertrieben und belanglos - nur einem kranken Hirn entsprungen, nutzten nicht viel.

So erreichte ich nur, dass er aus der Truppe verbannt und fortan als Arbeitssklave, mit niederen Verrichtungen, wie Bäume fällen, den Sumpf trocken zu legen und Steine aus dem Fels zu schlagen, begnadigt wurde.

Die meiste Zeit verbrachte ich im Freien, so es das unbeständige Wetter zuließ. Es schauderte mich vor der düsteren Behausung, in der fensterlosen Hütte, in der ich meist nur den alten Weisen antraf, der mich mit Mahnungen und Vorwürfen überschüttete.

„Warum nutzt ihr eure Gabe nicht und setzt den sündigen Machenschaften ein Ende? Ihr allein habt die Macht dazu. Worauf wartet ihr noch?"

„Die Zeit ist noch nicht reif," entgegnete ich, halbherzig zu meiner Verteidigung.

Er wiegte verständnislos den Kopf, während er das Feuer schürte und den brutzelnden Braten wendete.

„Lasst mich das machen, Väterchen, habt ihr unsere
Vereinbarung vergessen, dass ich für das leibliche Wohl
zuständig bin? Ich bereite das Essen,", unterstrich ich hitzig
und drängte ihn auf die Ofenbank.

„Wo treibt sich Ture nur den ganzen Tag herum? Warum
kommt er nicht zum Mittagsmahl?"

„Ach, wisst ihr nicht, dass ein neuer Überfall bevorsteht?
Er hat keine Zeit, sich mit einem zänkischen Weib,
auseinander zu setzen," belehrte er mich.

Ja hat er nicht schon genug zusammengeraubt und
gemordet, dachte ich. Ärgerlich und aufgewühlt, würgte
ich ein paar Happen hinunter.

Es trieb mich in das Camp, in der Hoffnung, ihn
anzutreffen. Was ich dort sah, bewahrheitete das soeben
gehörte.

Eine fiebrige Unruhe und Geschäftigkeit erfüllte das Lager.
Die Soldaten schliffen und polierten ihre Waffen.
Sie probierten die neugeschmiedeten Säbel und Lanzen auf
ihre Schärfe, indem sie sich nicht scheuten, einen
herumstreuenden Dorfköter zu köpfen. Sie übten sich in
Ringkämpfen und Schießübungen.
Kurz, ein übertriebenes Imponiergehabe, von den
erlebnishungrigen Frauen bestaunt.
Erst jetzt gewahrte ich die Schmiede, die sich in einer
Grotte, ungeahnten Ausmaßes befand, der ich bisher noch
keine Beachtung geschenkt hatte und warf neugierig einen
Blick hinein. Ich glaubte mich in Dantes Inferno.
Eine riesige Schmiede, einer unterirdischen Fabrik
gleichend. In der sich nicht nur Amboss und Blasebalg,
sondern ein gigantisch, rotglühender Schmelzofen befand.
Eine Feuerstelle die solch unglaubliche Hitze verströmte,
dass ich den feurigen Hauch der Hölle zu spüren glaubte.
Jetzt war mir einiges klar. Hier wurden nicht nur
erstklassige Waffen wie Lanzen, doppelt geschmiedete
Schwerter, auch Schilde, Helme und Brustpanzer, sowie
Hausrat, von bemerkenswerter Perfektion, von
Künstlerhand gefertigt. Die Männer trugen nichts, als einen
Lederschurz um den Bauch.
Auch Ture, der sich in der Schmiede befand, fuchtelte

angeberisch mit seinem blinkenden Schwert, als er mich kommen sah. Vor wem sollte er sich sonst brüsten, seine Geschicklichkeit beweisen! Er führte mir gern seine männliche Stärke vor, ließ seine Muskeln spielen, indem er mich, wie eine Feder hob und in der Luft herumwirbelte. Es ergötzte ihn, mich kreischen zu hören.

Wie wäre es, täglich, ja stündlich mit diesem erregenden, göttlichen, vor Wonne quickenden Weib zu sein, wenn ihre grünen Augen in zärtlicher Liebe auf ihm ruhen. Mögen sie für immer auf ihm verweilen, ihre Arme sich ihm freudig entgegenstrecken, Lichtblitze in den unergründlichen Nixenaugen. Der dringende Wunsch, mit ihr Söhne zu zeugen und sie selbst aufzuziehen, wissend, das Erbe an sie weiterzugeben!

Was für merkwürdige Gedanken ihn beflügelten.

Nie hatte er solche Träumereien an sich herangelassen. Weiberfantasien, zum Teufel damit. Er war ein Krieger, ein Recke, ein ganzer Kerl.

Weiber störten nur, waren eine notwendige Nebensache. Doch er gestand sich ein, dass er mehr und mehr den Drang und das Vergnügen an weiteren Raubüberfällen verlor. Sein Haar wurde dünner. Der Zopf lohnte sich kaum noch zu flechten. Seine einst wilde Mähne, war einer glänzenden Stirnglatze gewichen. Was er mit einem voluminösen, roten, zotteligen Bartschmuck, ausglich.

Ich jedoch war nicht willens, seinen Zopf zu flechten, denn das allein war nur Günters Privileg. Mochte er mich auch schlagen und verwünschen und seine Brutalität an mir austoben. Doch er tat es nur einmal. Er hatte sich in seinem Zorn nicht beherrschen können, was er sogleich wieder bereute, denn er wollte mich nicht gebrochen und eingeschüchtert, sondern stolz und selbstbewusst. Längst schon hatte er es aufgegeben, mich zähmen zu wollen.

Vielleicht kann ich sie endlich glücklich und zufrieden machen, wenn ich ihr die ersehnte metallene Zofe, von meinem nächsten Raubzug mitbringe. Denn er glaubte nach wie vor, das unbekannte Wort - Zofe, bezeichnete ein Badegefäß.
Diesen einen Kampf, musste er noch ausfechten, dann würde er endlich …
Das prächtige Haus im Tal am Berge ging ihm nicht aus dem Sinn. Lange Zeit hatte er mit dem Gedanken gespielt, dorthin umzusiedeln, allein das imposante Haus, aus Steinen gebaut, das allen Witterungen trotzt, hatte es ihm angetan. Nie zuvor hatte er dergleichen gesehen. Aber der See mit den Binsen, das Moor aus dem sie Torf und Baumaterial für die neuen Hütten gewannen, stand dem entgegen. Zudem hatte er jetzt einen findigen Baumeister, einen Zauberer, einen Alleskönner. Welch ein Segen für seinen Clan, einen solchen Meister bei sich zu haben.
Ein wahrer Freund, der ihn in allen Lebenslagen beriet und dem er bedingungslos vertraute.
Auch der andere, der große Heiler, war ein wahrer

Glücksgriff und ebenso nützlich, dennoch war er ihm ein Dorn im Auge, denn er sah ihn als lästigen Rivalen.

Doch der würde ihn nicht hintergehen, in seiner Abwesenheit, denn er würde ihn auf seinem Raubzug begleiten, sinnierte er, schadenfroh über seine List.

So würde er dann bald in die letzte Schlacht ziehen, doch halbherzig, wie mit einem Schwert aus Holz.

Das Gewand, welches ich bei meiner Entführung trug, wurde mit jedem vergehenden Tag schmutzig - unansehnlicher und begann allmählich unangenehm zu riechen. Vergebens suchte ich in dem bunten Wirrwarr der vielen Kisten voll Raubgut, nach passenden Kleidungsstücken. Ich fand so manche, edle Roben aus glitzerndem Zwirn, doch steif und kratzend wie aus Stacheldraht. Sie alle rochen muffig und nach Schweiß. Es ekelte mich, sie anzuziehen. Sie benötigten eine gründlichen Wäsche. Mit Natronlauge, verschiedenen Fetten und Zugabe von Lavendel und Rosenwasser, hatte ich schon recht brauchbare Seifen hinbekommen.

Nun musste ich umdenken. Ich brauchte eine andere Grundlage, wie etwa Knochenmehl, doch dazu fehlte mir meine Handmühle, die ich sehr vermisste. Mein neuer Versuch, Seife selber herzustellen, glückte einigermaßen, sie eignete sich zwar für den Hausgebrauch und für die eigene Hygiene, doch trotz aller Bemühen, blieb der ätzende Geruch an den Wäschestücken haften, was mich verzweifeln und zusehends unleidlicher werden ließ.

Zumal ich ja recht hübsche Kleidungsstücke besaß.
Doch nicht hier…

Auf mein inständiges Bitten, wurden umgehend alle
Truhen mit meiner Kleidung und diversen, praktischen
Utensilien, aus unserem ehemaligen Haus am Berge
herbeigeschafft. Zu meiner größten Freude, befand sich
auch meine so entbehrte Handmühle, darunter.

Selig breitete ich den Inhalt der Truhen um mich aus.
Augenblicklich fühlte ich mich wohler und ein bisschen
heimisch in meiner Umgebung.

Überglücklich betrachtete ich die bunte Mischung,
zusammengewürfelt aus verschiedenen Jahrhunderten,
von 13 Hundert bis 2000 - also keiner bestimmten Mode
unterworfen. Mein Blick fiel auf ein winziges Hütchen mit
einem pastellfarbenen Tüllschleier. Wann hatte ich den
zuletzt getragen? Weiterhin fand ich reizende
Rüschenblüschen, worüber ein enges Mieder oder
bestickte Westen getragen wurden. Sowie weite, lange,
aber auch knielange Röcke sich nun wieder in meinem
Besitz befanden. Welches mir wie gewohnt - die Kleidung
täglich zu wechseln, ermöglichte - was mir ein dringendes
Bedürfnis war.

So würde ich künftighin, als eine Exotin daher stolzieren,
als wäre ich beinahe Unwirklich, nun ja, eher eine göttliche
Erscheinung, die Aller Blicke auf sich zog.

Meine Bedenken, das mein herrischer Vormund, mir
diesen Aufzug verbieten könnte, vergraulten meine

neuaufgeflammte Euphorie. Doch ich täuschte mich.
Er zeigte seine Freude an meinem neuen Putz, der ihn
köstlich ergötzte und seinem Besitzerstolz schmeichelte.
Doch in Wahrheit trug ich die farbenfrohe, hübsche
Kleidung, einzig für meinen Liebsten, um ihn aufzumuntern
und aus seiner Lethargie zu reißen. Doch wir sahen uns
nicht mehr.

Nun hatte ich meine geliebte Mühle wieder und die
Möglichkeit, Korn zu feinem Mehl zu mahlen.
Endlich konnte ich Brot und leckere Küchlein backen.

Alle, bis auf den alten Weisen, mieden das Teufelsmoor,
welches er jedoch überwinden musste um in den Wald zu
gelangen. Erst kürzlich hatte mich der Alte mit einem Napf
köstlichen Waldhonig überrascht, den ich nur zu gerne,
freudig erstaunt entgegennahm.
„Oh für mich? Wie lieb von dir - Ich könnte dich küssen."
Denn ich wusste, dass er üblicherweise von dem so
mühsam erbeuteten süßen Himmelsgeschenk, den
süffigen Met bereitete. Indem er ihn mit Wasser und
Beerensaft zum Gären ansetzte.
Er wusste eine geheime Stelle im Walde, wo allerdings
auch Bären, Füchse und Wölfe und manch anderes Getier
ihr Anrecht auf die süße Leckerei verteidigen.
Ich atmete erleichtert auf. Die herkömmlichen Brotfladen,
aus zerstoßenem Getreide, nur mit Wasser vermengt, auf
heißen Steinen ausgebacken, war mehr als nur knusprig.

Sie waren so hart, dass man sich die Zähne daran ausbeißen konnte. Gleich morgen werde ich mit dem Backen beginnen. Endlich hatte ich eine nützliche Aufgabe. Da ich keine Hefe zur Verfügung hatte, musste ich vorher für Brote einen Sauerteig ansetzen und machte mich sogleich emsig ans Werk.

Nur ein Wort von mir und schon eine Stunde später, stand ein Säckchen Getreide vor mir. Doch leider war es nicht der großkörnige Weizen, den ich kannte, ein Weizen der stetig auf Ergiebigkeit und Größe, bis in die Zukunft verbessert und hochgezüchtet wurde.

Wir allerdings hatten schon Jahrelang, erfolgreich die neuen ertragreichen Sorten angebaut, doch sie lagerten, wohlgeschützt im Tal am Berge in der Vorratsgrube.

Das Korn - ebenso wie meine üblichen Zutaten zur Seifenherstellung, von den Soldaten beschaffen zu lassen, schien mir jedoch äußerst gefährlich. Denn es stand außer Zweifel, dass etliche Dorfbewohner durch Flucht in die Wälder, dem Gemetzel entkommen konnten und nun auf den Trümmern des zerstörten Ortes, im Begriff waren, sich ein neues Leben aufzubauen. Dieses Leben wollte ich keinesfalls gefährden.

So begnügte ich mich, mit dem minderwertigen Wildgetreide.

Ich sah dem, was nun kommen würde, zunächst mit gemischten Gefühlen, doch auch mit neuerwachter Hoffnung entgegen.

So bestand doch die Möglichkeit, in Tures Abwesenheit meinem Liebsten näher zu kommen und möglicherweise einen Fluchtplan auszuhecken. Ach wie sehnte ich mich nach ihm. Doch vorerst musste ich mich mit meinen unliebsamen Begleitern abfinden.

Die Lure blies zum Aufbruch.

Alle Männer im kampffähigen Alter, hatten sich über Nacht wieder in Soldaten verwandelt. Mit Dolch und Lanzen bewaffnet, zogen sie übermütig – grölend in die blutige Schlacht.

Ich stand inmitten der Frauen, winkend am Ortsausgang und sah sie abziehen. Ein imposanter Aufzug, musste ich mir eingestehen. So soll er nur ziehen, wenn er glaubt, es zu müssen. Meine Güte, warum setzt er sich nicht endlich zur Ruhe, nachdem er so viele Reichtümer angehäuft hat und ruht sich auf seinen Lorbeeren aus?

Nun, ganz logisch, gab ich mir selbst die Antwort.

Ihm fehlte - wie auch den anderen Kriegern, das Nestsyndrom. Sie sind nun mal keine Nesthocker, weis Gott nicht, wie ich sie so vor mir sah.

Sie lechzten geradezu nach Blut und Gewalt. Ich jedenfalls werde sie nicht vermissen. Im Gegenteil. So fühlte ich mich von einer erdrückenden Last befreit. Wenn auch nur für eine kurze Zeit. Erleichtert atmete ich auf. Bei einem letzten Blick zurück, glaubte ich für einen Moment meinen Liebsten zwischen ihnen zu sehen. Eine Sinnestäuschung, denn sahen nicht alle in ihrer Kampfausrüstung gleich aus?

Eine ungewohnte Ruhe umgab mich. Als ich am nächsten Morgen danach, meinen Kopf aus der Hütte streckte, vermisste ich die Wachen, weit und breit war kein männliches Wesen zu sehen. Ungläubig riss ich die Augen auf. Ist es möglich, dass …

Ein unbändiges Freudengefühl erfasste mich. Der Alte, der hinter mir aus dem Haus getreten war, wiegte vielsagend den Kopf.

„Da staunt ihr – was? Nun benötigt ihr keinen Schutz mehr, denn alle Männer, die euch belästigen und gefährlich werden könnten, sind jetzt fort. Nur ich stehe euch noch zur Verfügung".

„Bemüht euch nicht Väterchen, ich komme allein klar," murmelte ich und lief auch schon beflügelt, wie auf Wolken dem Camp entgegen. Noch konnte ich mein Glück kaum fassen. Merkwürdig, jetzt da ich mich frei im Lager bewegen konnte, hatte vieles seinen besonderen Reiz verloren.

Die Frauen hießen mich in ihrem Revier, scheinbar herzlich Willkommen.

Ein Langhaus, kaum anders ausgestattet, als jene, die ich bisher gesehen. Hatte ich mir ein verruchtes Liebesnest, ein Frauenhaus, wie ein Harem vorgestellt, so sah ich mich getäuscht. Denn es bebte von Lachen und Scherzen munter tobender Kinder.

Hm, nun ja, eher wie ein Kindergarten mit ausreichend gutgelaunten Tanten.

Bei meinem Eintritt, wurde ein süßes Getränk, das mich an Mandelmilch denken ließ, herumgereicht – das mich nicht nur entspannte, sondern wohlig ermüdete. Ich streckte mich behaglich auf der weichen Unterlage, aus duftendem Farn aus und fühlte mich plötzlich wie eine von Ihnen.

Eine Edelhure in einem Bordell.

Ein Joint machte die Runde. Ich roch den süßlichen Geruch und inhalierte tief in die Lungen. Mittlerweile hatten sie sich ebenfalls neben mir ausgestreckt.

Betörnt – benebelt, hörte ich das Lärmen der Kinder wie aus weiter Ferne.

„Ihr geht zu den verwunschenen Sümpfen! Sagt, was treibt ihr dort? Seid ihr nun eine mächtige Göttin? Nun, den Hauptmann habt ihr ja offensichtlich verhext und schaut hochmütig, manchmal auch mitleidig auf uns herab.

Doch wir brauchen euer Mitleid nicht," bemerkte eine der Frauen bissig, während ihr die meisten der anderen Frauen heftig nickend zustimmten.

„Ach Mädels, ich kann weder hexen, noch bin ich des Zauberns mächtig. Ich bin nur unsäglich traurig, von meinem Liebsten getrennt zu sein!"

Die Besuche im Frauenhaus sollten mich aufmuntern, doch sie beunruhigten mich, denn ich fühlte eine unüberwindliche Barriere und Flut von Neid und Hass. Was wussten sie schon von meiner Seelenqual, den vielen schlaflosen Nächten. Was ahnten sie, wie unglücklich ich war, mit einem Barbaren leben zu müssen, während man den einzigen Liebsten nicht weit, doch unerreichbar in der Nähe weis. Diese Gedanken waren allgegenwärtig.

Welch ein sinnloses, unausgefülltes Leben, denn ich konnte ihn nicht finden!

Zum ersten Mal, drängte sich mir der Gedanke auf, diesem unwürdigen Dasein ein Ende zu bereiten. Doch wir hatten uns geschworen, diesen letzten Schritt gemeinsam zu gehen, wenn es für uns keinen Ausweg mehr gab.

Doch wie sollte ich ihn finden?

Jetzt, da ich den geschwätzigen Justin gesehen hatte, keimte ein neuer Hoffnungsschimmer in mir auf. Justin wusste alles, was sich im Lager abspielte.

Um meinen Seelenfrieden wieder zu gewinnen, zog ich es künftighin vor, meine freie Zeit am See hinter den Sümpfen zu verbringen. In der angenehmen Begleitung des Alten, der den sicheren Pfad durch das tückische Feuchtgebiet kannte und wie ich die Ausflüge in der Natur genoss.

Ein belebener Spaziergang, weniger als einen Kilometer. Eine Rast, eingelullt von Grillengezirpe, munterem Vogelgesang und geschäftigen Schmetterlingen.

Mit verklärtem Blick, in melancholische Erinnerung versunken. Weit in die Tiefe der Zeit – der Zukunft, welche gleichermaßen die Vergangenheit war. In welche einzutauchen mir hier, nur hier gegeben war.

Denn hier war der Anfang allen Geschehens und würde auch unser Ende sein.

Ich sah das zum Stillstand gekommene, imposante Bauwerk, von Justin begonnen, das jedoch zur Zeit nur wenige Meter an Höhe gewonnen hatte, fast verlassen, seiner Fertigstellung harren.

Fiebriger August.

In flimmernder Hitze begannen sich die Umrisse zu beleben, sie bewegten sich tatsächlich.

Eine Gestalt löste sich aus dem Grau der Steine.

Ich erkannte ihn sogleich. Es war Hoger, der Verdammte. Vier Männer plagten sich, außer ihm, im Schweiße ihres Angesichts, zentnerschwere Felsbrocken aufeinander zu schichten. Hoger hatte mich indessen entdeckt und unterbrach seine Schinderei um mich zu begrüßen.

„Oh Hoger mein Freund, mach eine Pause und setz dich zu uns", rief ich von Mitleid ergriffen. „Ich werde ein gutes Wort bei dem Baumeister für dich einlegen", fuhr ich fort und zog ihn neben mich auf das Moos.

„Wo ist der Zauberer der Baukunst? Und wo ist unser Jonny? Ist er etwa auch unter die Abtrünnigen verbannt?"

Die schwere Arbeit in der Hitze hatte ihm sehr zugesetzt, seinen Stolz gebrochen und ihn gebeugt.

Schnaufend, den Schweiß von der Stirn wischend, ließ er sich aufseufzend neben mir nieder, bevor er mit brüchiger Stimme zu reden begann.

„Ach der, mag er auch ein Zauberer sein, so nutzt er die Gunst der Stunde und geht auch weltlichen Genüssen nach..."

„Ihr meint, er vergnügt sich im Hurenhaus?"

„So ist es, nur mir bleibt als verbannter dieses Vergnügen versagt. Doch ein Jonny ist nicht unter uns, ebenso wenig wie der weise Heiler. Denn wisset, der wurde abkommandiert und befindet sich nun unter den Soldaten. Nun, ein Heiler ist überall nützlich."

„Was sagt ihr da. Er muss mit der Räuberbande kämpfen? Mein ehrbarer Gatte zwischen den Kriegern – zum Beutezug gezwungen?" Rief ich fassungslos.

Nicht, dass er sich nicht als rücksichtsloser Kämpfer erweisen könnte, wenn ihm seine ärgsten Feinde nach seinem und dem Leben seiner Liebsten trachteten, dachte ich insgeheim.

„Nun ja, zum Kämpfen taugt er wohl nicht, ihm obliegen andere Aufgaben", warf der Alte ein.

Erschüttert hörte ich diese so leicht daher gesagten, doch niederschmetternde Worte. Die Welt ging unter.

Mein letzter Hoffnungsschimmer, ihn zu sehen, erstarb, löste sich auf - endete in Hoffnungslosigkeit.

Der Himmel verdunkelte sich um mich. Ein tiefer Abgrund tat sich vor mir auf.

Oh Ture, du verfluchter Höllenhund, hast mir alles genommen. Hast mir nicht die geringste Chance zum Weiterleben gelassen. Denn so kann ich nicht weiterleben, ohne jede Hoffnung auf ein bisschen Glück.

Das Schweigen um mich besagte, dass nicht nur ich den wahren Grund für Günters Abruf kannte.

„Du hast es auch gewusst Väterchen und mich im Unklaren gelassen!" Fuhr ich wütend auf.

Er wandt sich verlegen, bevor er zu drucksen begann.

„Nun - ich wollte euch nicht unnötig, aeh - beunruhigen!"

„So - so, er wollte mich nicht beunruhigen. Feigling der er ist und ich glaubte in dir einen Freund zu haben," ergänzte ich enttäuscht.

Mein Blick wanderte über den glitzernden See. Hier hatte alles seinen Anfang genommen. Doch welch Ironie des Schicksals, denn auch hier würde alles Enden, doch immer wieder zog es mich an diesen Ort. Meine Gedanken trieben mich, ohne es zu wollen, immer in die gleiche Richtung. Es war, als sehe ich unser Ende, unseren letzten Tag auf Erden. Ich sollte diesen Platz meiden, dachte ich niedergeschmettert, bevor ich fluchtartig die vertraute Stätte verließ.

Wo nur war Jonny, der Einzige, dem ich bedingungslos trauen konnte. Wenn ihn noch keiner gesehen hatte, musste ich davon ausgehen, dass sie auch ihn ermordet hatten. Oder konnte er den Schlächtern entkommen? Ich werde Justin nach ihm fragen, wenn er sich ausgetobt hatte.

Justin war gewiss nicht abgeneigt, für ein gelegentliches Schäferstündchen! Dennoch nutzte er die Zeit, seinem unerschöpflichen Tatendrang, Luft zu machen.

Unter einem Säulendach, welches er aus einer alten Zeltplane, in der er einst in aller Eile, seine nötigsten Utensilien transportierte, hatte er ein provisorisches Dach gebaut. Unter dessen Schutz hatte er längst ein neues Projekt in Angriff genommen.

Ein Wasserbassin in das er heute, seine selbstgegossenen Rohre aus Kupfer zu legen, beabsichtigte. Man hatte ihn in der großen Schmiede, kopfschüttelnd und mit Unverständnis, gewähren lassen. Nun tüftelte und maß er, bis ihm der Kopf brummte.

Die mangelnde Hygiene, insbesondere der Frauen, ganz zu schweigen der fehlenden Reinlichkeit der Männer, war ihm unerträglich. Sie alle stanken zum Gotterbarmen.

Unerträglich für einen zivilisierten Mann wie ihn, aus dem 21. Jahrhundert. Dem musste Abhilfe geschaffen werden.

Wenn er auch nicht daran glaubte, die Männer zu einem reinigen Bad ermuntern zu können. Sie würden es nicht nur verschmutzen, sondern verseuchen.

Waren sie doch nichts anderes als Barbaren, ein mordrünstiges Räubergesindel, übelster Sorte.

Ein stinkender Misthaufen - ba, Abschaum der Menschheit! Dachte er angewidert.

Wie haben es nur die Römer fertiggebracht, warmes Wasser in die Bassins sprudeln lassen, grübelte er und raufte sich gedankenversunken die Haare.

Unlösbare Aufgaben gab es für ihn nicht. Es gibt nichts, das nicht zu lösen ist, war immer seine Devise.

Dieses Unterfangen jedoch, war ihm zu Kopf gestiegen.

„Wer mag schon im eiskalten Wasser, sich tummeln?" Brummte er vor sich hin, als ich ihn auf seiner neuen Baustelle besuchte.

„Oh Carla, wie aufbauend dich zu sehen! Ich stehe vor

einem schwierigen, um nicht zu sagen, unlösbarem Problem. Mir raucht die Birne. Ich brauche eine Luftveränderung. Du kommst mir wie gerufen, Schätzchen, komm, bring mich auf andere Gedanken!" Säuselte er, umfasste meine Schulter und zog mich ins Freie.

„Aber Justin, was sollen die Frauen von uns denken. Sieh nur, wie sie schauen. Sie werden es ihm zutragen, wenn ich mit dir gehe!" Wand ich ein.

„Ach die eifersüchtigen Weiber, die du für deine Freundinnen hältst. Du glaubst sie sind deine vertrauten Leidensgenossen, aber glaube mir, Sie hassen dich allesamt!" Schleuderte er mir brutal ins Gesicht.

Beleidigt wandte ich mich um und lief davon. Doch dann machte ich kehrt und besann mich, denn ich hatte ja so viele offene Fragen.

„Erzähl mir nun der Reihe nach, wie sich alles seit dem Überfall zugetragen hat! Was ist mit Jonny und deiner Tochter geschehen? Ich habe sie seitdem nicht mehr gesehen."

Er erzählte es wie eine witzige Anekdote, die mich bisweilen zum Lachen brachte. Er begann mit dem Feuerwerk, was die hartgesottenen Krieger zu Tode erschreckte. Weiter berichtete er, von der ersten Begegnung mit dem gefürchteten Hauptmann, von dem er sich, in die Enge getrieben, im Mut der Verzweiflung, als mächtiger Zauberer, brüstete. Seine Haltung ihm gegenüber, war nicht etwa Demut, eher herausfordernd –

spöttisch, wie er angeberisch betonte. Auch verschwieg er wohlweislich, wie ihm Angstschlotternd die Knie bibberten, den Tod vor Augen.

„Ich kann euch eine Festung zaubern, die seinesgleichen noch nicht gesehen. Ebenso vermag ich…"

„Ja - ja, schon gut Mann, das kann er mir später unter Beweis stellen. Ergreift ihn Männer, aber krümmt ihm kein Haar, so einen Zauberer können wir allemal gebrauchen!"

„Was dann folgte, war alles andere als angenehm, wie du selbst erfahren hast!"

„Ja weis Gott nicht. Aber so erklär mir doch endlich den Verbleib der Carlene! Man sollte meinen, du kannst vor Sorgen um sie, nicht mehr schlafen!"

„Ach, um die Kleine brauche ich mich nicht sorgen. Fünf Krieger wurden von mutigen, wehrhaften Männern des Dorfes getötet. Ihre Leichen wurden gefunden, mitgenommen und später hier im Camp bestattet. Fünf nur, gegen ein ganzes niedergemetzeltes Dorf. Du weist, ja wie bestialisch Sie gewütet haben! Und nachdem es nichts mehr zu rauben gab, alles in Brand und Asche gelegt wurde. All meine mühsamen Verbesserungen und Errungenschaften, einfach vernichtet! Doch ich werde es rächen, eines Tages …!"

„Ach ich weiche vom Thema ab. Was ich eigentlich erzählen wollte. Denn zwei weitere Krieger blieben verschwunden. Ich wusste was das zu bedeuten hatte, denn auch mein Töchterchen blieb mit Ihnen verschwunden. Mögen sie sich zunächst in die Wälder geflüchtet haben, so bin ich mir sicher, sie mittlerweile im Herrenhaus angesiedelt zu wissen!"

Am zweiten Tag hier im Lager.

„Nach ungeduldiger Warterei und Untätigkeit, suchte mich der Hauptmann höchst persönlich auf. Du weist ja, Untätigkeit und Warten, ist nicht mein Ding. Ich sprudelte über vor Tatendrang."

„Gebt mir 12 kräftige Männer, Handlungsfreiheit, robuste Gäule und freies Geleit, bis zu den Bergen, um Steine aus dem Felsen zu brechen. Dort weis ich einen Steinbruch, einen halben Tag entfern von hier".

Der Steinbruch jedoch, war nicht weiter als ein paar Meilen entfernt. So blieb ihm genügend Zeit, gelegentlich das Tal am Berge aufzusuchen, um nicht in Vergessenheit zu geraten und die, wenn auch zaghafte Neubesiedlung mit Wohlwollen zu verfolgen.

„So werde ich euch eine Festung bauen" fuhr er fort, „mit einem Turm, der bis in den Himmel reicht. Den Turmbau zu Babel. So könnt ihr in das Reich der Götter spazieren und selbst einer der Götter werden!" Kicherte ich, hinter vorgehaltener Hand.

Tief beeindruckt, nickte er und klopfte mir freundschaftlich auf die Schulter.

„So bekam ich eine Sonderbehandlung und genoss alle Vorzüge und Freiheiten", fuhr er fort.

„Ich machte mich unverzüglich ans Werk. Nach wenigen

Monden schon, konnte ich meine Zauberkunst vorführen.

„Habt ihr solch ein Wunderwerk, von einer Burg schon gesehen, Herr?"

Der schüttelte bewundernd seinen Kopf.

„So anerkennt ihr also meine außergewöhnliche Baukunst?"

„Mir fehlen die Worte des gebührenden Lobes, noch nie habe ich dergleichen gesehen. Macht nur weiter so, Zauberer der ihr seid!"

„Nun, war das nicht Lobes genug?"

„Ja, das war Vorgestern."

An dieser Stelle unterbrach ich ihn ungeduldig.

„Ach, ehe ich es vergesse, um was ich dich noch bitten wollte. Nimm dich des armen, bedauernswerten Hoger an, der unverschuldet zur Zwangsarbeit - zum Steine brechen im Fels verbannt wurde. Er hat nichts Unrechtes getan. Sicherlich kannst du ihn bevorzugen und als Vorarbeiter begünstigen," fügte ich hinzu.

„Ja - ja, das lässt sich einrichten", erwiderte er zerstreut.

Indessen hatten wir die Sümpfe erreicht, hinter denen das Wasser in der Sonne glitzerte. Leider konnte man den See nicht umrunden. Der Sumpf schien unüberwindbar und jeder der es versuchte, wurde grausam verschlungen.

Wir jedoch kannten beide den schmalen Steg, auf dem wir trockenen Fußes, den See erreichen konnten.

„Dieser See ist unser Schicksal!" Murmelte er versonnen und zog mich dichter an sich.

„Erinnerst du dich noch an die vielen Episoden, die uns mit ihm verbinden?"

„Ha - wie ergötzend war es, als wir den russischen, abgetakelten Fürsten hier ersäuften und dort - war die romantische kleine Hütte, in der wir uns immer trafen; sowie an unseren erquickenden Lauf um den See herum?" Sprudelte er munter hervor.

„Du verdrehst alles Justin. In der Hütte hast du mich aufgestöbert, als ich allein sein wollte. Und den Fürsten haben wir nicht ersäuft, sondern nur seinen Rollstuhl hineingestoßen. Zudem ist dieser Landstrich nicht unser Schicksal, sondern eher das von Günter und mir!"

„Du bist eine Spielverderberin, hast deinen Sinn für Humor und Romantik verloren. Begreifst du nicht endlich, dass jetzt unsere Zeit gekommen ist. Dein geliebter Günter ist unwiderruflich - endgültig verloren für dich, er existiert quasi nicht mehr, ist ein Niemand!"

„Wenn ich daran denke, wie er mich früher hochmütig, herablassend belächelt, ja ignoriert hat. Von seinem hohen Ross verächtlich, ja bisweilen mitleidig auf mich herabblickend. Doch nun nicht mehr cool erhobenen Hauptes stolziert, sondern eher gebeugt, des Weges schleicht, könnte sich so etwas wie Mitleid in mir regen. Doch ich empfinde nur Genugtuung. Er hat es nicht anders verdient. Jetzt bin ich es, der Ansehen verdient und auch bekommt."

„Wie zynisch und gehässig du bist!" Fuhr ich empört auf.

„Du bist ein Scheusal. Glaubst du ernsthaft, du könntest mir mit solchen Gehässigkeiten imponieren?"

„Nun, ich sitze am längeren Hebel. Ich allein kann dir eine vielversprechende, angemessene Zukunft bieten!"

Ich hielt mir die Ohren zu.

„Warum musst du mich so quälen!"

Ein paar leichthin ausgesprochene Worte von Justin, peinigten mich, ließen mich nicht los, wollten mich erdrücken.

„Was sagtest du soeben? Er schleicht gebückt. Ist er womöglich krank? Oh der Ärmste. Keiner sorgt sich um ihn."

„Nun ja - ich habe ein wenig übertrieben. Er hat zwar seinen forschen, federnden Gang verloren, schreitet verträumt - melancholisch, um nicht zu sagen, sinnlich erscheinend - unfehlbar ein Heiliger," redete er sich in Rage.

„Oh wie ich diesen untadeligen Seelentröster - diesen stümperhaften Quacksalber hasse. Ich könnte kotzen, wenn ich sehe, wie alle Weiber ihn anhimmeln, mit glänzenden Augen ihren Blick erheben, als wäre er der Heiland. Für ihn halten sie stets Leckereien bereit.

Sie umschmeicheln ihn schnurrend, wie rollige Kätzchen. Für die Weiber hat er etwas Rühriges an sich, so dass sie ihn am liebsten an ihren Busen drücken wollen. Verdammt nochmal, wie ich diesen Kerl beneide und gleichermaßen hasse. Ich könnte ihn umbringen!" Fauchte er weinerlich.

Er ließ sich fallen und zog mich mit sich hinab und legte seinen Kopf auf meinen Schoß, versengte mich mit reuigem Dackelblick und begann übergangslos zu schluchzen.

Ein altes Gefühl der Zärtlichkeit streifte mich. Mitleid wollte in mir aufsteigen. Ich strich ihm impulsiv über die Wangen und spürte unter meinen Fingern, verhärtete Narben. Wie sagt man: Die Zeit heilt alle Wunden.

Also war es doch schon geschehen. Weit - weit in der Zukunft. Wie lange mag das jetzt wohl her sein.

Justin der umwerfend attraktive Mann ohne Gesicht.

Sein Gesicht hatte er verloren, bei einem verheerenden Brand, als er mich aus den Flammen retten wollte.

Damals schwor ich ihm, für immer und ewig für ihn da zu sein! Für immer und ewig stehe ich in seiner Schuld.

Wie lange dauert die Ewigkeit?

Ich versank in das Jahr 1874.

Als ich erschüttert vor dem Bett des verstümmelten, missgestalteten, gesichtslosen Freundes stand.

„Sorge dich nicht, ich komme wieder. Ich werde dich nie verlassen," sagte ich damals, bevor ich ging.

Doch ich ging, um meinem Liebsten – Günter das Jawort zu geben. Ich ging nicht ohne Reue und Gewissensbissen.

Doch die Zukunft hatte keinen Platz für ihn reserviert.

Nun hatte mich die Zeit, die nicht vergisst, wieder eingeholt.

Wir lagen hinter Binsen und Wasserrohr, auf einem aus dem Sumpf ragenden Felsen, mit Moos und Flechten bewachsen. So verwunschen und idyllisch, dass man zu träumen glaubte. Ein heimeliges, für andere, unerreichbares Plätzchen, das uns ermöglichte, ungesehen zu verweilen. Ich spürte seinen heißen Atem neben mir. Ein Stich tief ins Herz, wie der Stich eines giftigen Insektes, der meinen Verstand lähmte und mich willenlos machte. Seine Arme umfingen mich und rissen mich in einen Taumel der Gefühle, in die Endlosigkeit.
Wir schwebten über den Wolken, in andere Sphären.

Die Hölle danach, die quälenden Gewissensbisse, waren schon Strafe genug, für ein paar berauschende Momente der Untreue.
Ich hatte nicht meinen Liebsten betrogen, sondern Ihn, den verhassten Despoten, dem ich unter Zwang, untergeben war! Beruhigte ich mich zu meiner Rechtfertigung.
„Bleib bei mir, lauf nicht gleich wieder fort, wie immer. Wir haben alle Zeit der Welt, keiner sieht uns, keiner wird uns vermissen! Zudem brenne ich darauf, dir mein imposantes Werk zu präsentieren. Komm nimm meine Hand und geh mit mir. Schau es dir von nahen an. Von hier aus kann man es kaum sehen."

„Wow, was für ein gewaltiger Klotz. Er mutet an, wie die Grundmauer einer Burg."

„Ja, eine Burg soll es werden. Eine Festung, die alle Zeitgeschehen überdauern wird. Alles sieht so einfach und gediegen aus, so wie sie dort verwurzelt thront.

Doch glaub mir, es war eine unmenschliche Schinderei und Drecksarbeit. Denn zuallererst mussten wir sumpfigen Boden, tonnenweise ausheben. Sodann auf den glitschigen Moder, meterdicke Felsbrocken schaffen und einbringen, als Grundlage für ein sicheres Fundament. Ein Fundament für die Ewigkeit. Das alles ohne Kraftmaschinen, wie etwa Bagger und Kran, welche wir durch natürliche Pferdestärken, nämlich Ackergäule ersetzten.

Sie bewältigten auch den Transport vom Steinbruch hierher. Wenn alles andere auch vom Zeitenstrom vergangen – vom Winde verweht ist, so wird auch in 3000 Jahren, dieses mein Werk noch bestehen und unerklärlich, wie von Riesenhand geschaffen, noch immer aus dem Boden ragen!"

„Oh bei Gott, diese merkwürdigen Steingebilde gibt es tatsächlich noch immer in der neuen Zeit."

Wie oft standen wir rätselnd – kopfschüttelnd davor.

Wie oft haben uns die mächtigen Felsgebilde, die aus dem Wasser ragten, bei unserem Lauf um den See zum sinnlichen Verweilen eingeladen, nicht ahnend, auf solch alten Zeugen der Vergangenheit, Rast, Ruhe und Erholung zu finden.

„Oh Justin, du hast ein unvergängliches Monument geschaffen!"

Ein Sturm mit Hagel und plötzlichem Schneetreiben, nötigte uns, in aller Hast, den denkwürdigen Ort zu verlassen. Das alte Väterchen, schon ungeduldig auf der Suche nach mir, trat uns erbost - wilde Flüche ausstoßend, entgegen.

„Zum Teufel, was treibt ihr hier Kindchen. Was soll ich dem Herrn sagen? Jedoch mein Mund ist versiegelt. Ich werde dem Herrn nichts zutragen," beschwichtigte er seinen ungewohnten Wutausbruch.

„Aber Väterchen, was erregst du dich dermaßen. Er hat mir nur sein phantastisches Wunderwerk gezeigt," lenkte ich ein und hakte mich einschmeichelnd in seinen Arm.

Schwitzend werkelte ich vor dem Haus. Ich rührte emsig in einem Kupferkessel, dem größten, den ich auftreiben konnte. Auch er war zu klein für mein Vorhaben, Seifenlauge zu bereiten. Der Schweiß lief mir in die Augen. Die Sonne brannte erbarmungslos, obwohl es bereits Oktober sein musste. Ein Geräusch ließ mich aufhorchen. Ich blinzelte in die Sonne. Ein einsamer Reiter näherte sich in wildem Galopp. Ich erkannte ihn, es war einer der Krieger aus Tures Truppe. Ein Eilbote, der die baldige Ankunft ankündigte. Was ich mit Bedauern zur Kenntnis nahm, jedoch meinen Unmut nicht zeigte und ihn gespielt erfreut ins Haus zu dem Alten geleitete.

Nun würde die Zeit meiner unbekümmerten Streifzüge in Freiheit, ein Ende haben.

Dieses Mal hatten sie keine menschliche Beute gemacht. Also zum ersten Mal, keine Gefangenen Heimwärts getrieben. Wohl aber reichlich materielle Beute zusammengerafft.
Auf dem langen Ritt durch die Ödnis, war Günter nur einer von vielen und stand nicht stetig im Mittelpunkt. So hatte er genug Zeit zum Nachdenken, einen klaren Kopf bekommen - befreit durchatmen und seine geschundene Seele schweben lassen.
Die Erkenntnis keimte in Ihm auf, seine Lage ändern zu können. Auf die Gefahr hin, Schmerz und Folter erdulden zu müssen und gar sein Leben zu verlieren. Einem Leben, das er so nicht länger zu ertragen, Willens war. Er würde nicht länger schweigend seine Qual erdulden.

Ture fühlte sich wie ein feuriger Jungspint. Als er das Lager vor sich erblickte, konnte er es kaum erwarten, Sie zu sehen. Ihr die vielen Mitbringsel stolz zu präsentieren, im Glauben, ihr Herz würde angesichts der Reichtümer, die er vor ihr anhäufte, aufgehen vor Freude und Dank.
Achtlos überließ er sein Pferd den anderen.
Mit langen Schritten stürmte er seiner Behausung zu.
Er ging wie auf Wolken, als er sie dort stehen sah.
Geblendet von Ihrem Anblick, in dem entzückenden, lindgrünen Chiffonkleidchen, welches sie wie ein

überirdisches Wesen erscheinen ließ. Eine Wohltat für das Auge, ein farbenfroher Lichtblick, neben dem allgegenwärtigen Grau der üblichen Frauenkleidung.
Ein Gewand, wie er es noch nie vorher gesehen.

Nach einem sehnsuchtsvollen Blick auf die Truppe, senkte sie ihre Augen, was er für Verlegenheit hielt und ihn zutiefst berührte. Vor Glück übersprudelnd, erkannte er nicht ihre gespielte Wiedersehensfreude. Überschwänglich riss er sie in seine Arme, hob sie hoch und wirbelte Sie im Kreise. Doch sie schloss nicht die Arme um seinen Hals.
Sie war starr wie eine Puppe, gefühllos mit hängenden Armen.

Unter dem lüsternen Gegröle seiner Männer, trug er mich nachdenklich ins Haus.
Die Euphorie hatte sich in Ernüchterung gewandelt.
„Was ist das für ein unwürdiger Empfang? Du undankbares Weib," brummte er ärgerlich und schleuderte mich wütend auf die Felle.
Er sprach kein Wort mehr, während er sich über mich warf und bald darauf, ohne Erklärung das Haus verließ.
Ich sah ihn erst zwei Tage später wieder. In Begleitung einer blutjungen Dirne, eröffnete er mir: „Das ist jetzt mein Bettwärmer, mit ihr werde ich von nun an liegen.
Dich hingegen, werde ich kaum noch belästigen.
Dir war ich ja niemals gut genug. Du aber warst auch nicht die Erfüllung meines Verlangens!"

„Ah - ja ich verstehe," prustete ich aufgebracht.

„Ja – denn es fehlt dir etwas", fuhr er fort. „Du reizt mich zwar, doch du verschaffst mir nicht genug Lust. Du riechst nicht wie eine Frau riechen sollte."

„So hast du mich also schon über - und lässt mich gehen?" Fragte ich hoffnungsvoll.

„Oh nein, das habe ich keineswegs vor, du entkommst mir nicht. Vielmehr spiele ich mit dem Gedanken, dich als meine - aeh - wie nennt man es doch nach den feinen Sitten? Ehefrau. Ja du sollst meine Ehefrau werden, unlöslich mit mir verbunden. Ein großes Fest wird uns vereinen für alle Zeit!"

Ich glaubte mich verhört zu haben.

„Was sagst du da?" Fragte ich fassungslos. „Aber ich bin schon längst in heiliger Ehe verbunden, das weist du doch!"

„Bah, - das zählt nicht in meinem Reich. Hier geschieht nur, was ich bestimme!" Polterte er.

Entsetzt, vor Ungläubigkeit erstarrt, war ich zunächst zu keiner Erwiderung fähig. Empörung und angeborener Gerechtigkeitssinn, verlieh mir Mut, Widerstand und Kampfkraft.

„Ich werde so eine unrechtsmäßige Ehe mit dir, niemals anerkennen," fauchte ich hitzig.

„Ach, Klugschwätzerei, wen kümmert, was du darüber denkst. Du gehörst mir, ich habe dich ehrlich erbeutet. Du zollst mir Dank und Ergebenheit." Entgegnete er hochgeschraubt.

„Wie kannst du dich erdreisten, mich als deine Raubware zu betrachten", zischte ich zornbebend. „Du ehrloses Ungeheuer. Wie verkommen muss man sein, so zu denken." Fügte ich hinzu und schlug wild auf ihn ein. Ehe er sich versah, landeten zwei saftige Ohrfeigen in seinem Gesicht. Der Überraschungseffekt, war auf meiner Seite, als ich meine Krallen ausfuhr und ihm in Ohnmächtiger Wut, blutige Kratzer zufügte.

Das alles geschah in Sekundenschnelle. Auf Gegenwehr gefasst, sprang ich blitzschnell auf und lief davon. Doch wohin sollte ich flüchten? Mit zwei langen Sätzen, holte er mich ein. Ich duckte mich, seine Schläge erwartend. Doch er schlug mich nicht. In seinem Blick las ich keinen Hass, nein etwas anderes sprühte aus seinen Augen.

„Ich glaube du hast mich verhext", murmelte er sanftmütig. „Ein albernes Gefühl, das man wohl Liebe nennt, lähmt mich und beflügelt mich zugleich," brummte er nachdenklich..

Zwei Tage später schon, scheuchte er seine neue Gespielin aus dem Haus, in der Hoffnung, nun doch mein Herz zu gewinnen. Zudem war ihm die andere zu vulgär und zu anstrengend, er war nicht mehr der Jüngste.

„Vergib mir, wie konnte ich nur ein anderes Weib dir gleichstellen!"

Oh – je, auch das noch. Hätte er mich doch nur geschlagen

und verstoßen, dachte ich verzagt. Doch dieses naive Bekenntnis von ihm, ergriff mich zutiefst und löste einen Gefühlsschwall in mir aus. Ich weinte, ja jetzt konnte ich weinen, oh wie wohl das tat. Das jedoch bestärkte ihn in dem Glauben, mich umso mehr behüten und beschützen zu müssen und hatte zur Folge, dass er zwei seiner härtesten Männer, für mich, zur Bewachung, bereitstellte.

Kap. 10: Das Bekenntnis

Günter wurde schon mit Sehnsucht von den Frauen erwartet und mit großem Jubel empfangen. Sie waren nur zu gern bereit, dass was sie am besten konnten, zu geben. Er jedoch blieb eisern. Er sah nun seine Zeit gekommen, für klare Verhältnisse zu sorgen.

„Ich habe schon eine Frau, meine Carla, mit der ich seit Ewigkeiten vor Gott verbunden bin. Doch sie darf nicht bei mir sein, wo sie hingehört. Der skrupellose Hauptmann hält sie unter Zwang. So hat er nicht durch ritterliches Werben ihr Herz gewonnen, sondern sie mit Gewalt in sein Haus und Bett gezwungen," verbreitete er in aller Öffentlichkeit, bis alle wussten, dass die geheimnisvolle Exotin, seine über alles geliebte Angetraute ist.

Was den meisten längst bekannt war, doch laut ausgesprochen, eine gefährliche Offenbarung.

Dennoch bereute er nicht, ihm die Stirn geboten zu haben und ließ die Wahrheit weiter verkünden.

Nun, da diese Tatsache verbreitet war, konnte er befreit aufatmen und fortan darüber schweigen.

Es dauerte nicht lange, bis seine Eröffnung auch dem Hauptmann zu Ohren gelangte. Der tobte rasend vor Zorn und drohte ihm mit grausamen, bestialischen Strafen, wie etwa: Die Zunge herauszuschneiden und andere gebräuchliche Folterarten, wonach anschließend der Tod durch köpfen, folgen würde.

Worauf jedoch der Alte sich grollend einmischte, mit der Versicherung, dass er sie - die ja in Wahrheit - des Heilers Gemahlin ist, darauf nicht mehr lebend antreffen würde. Denn sie wird im selben Augenblick, ebenfalls sterben, zu eng sind die Bande die sie verbinden.

Ich hingegen, musste mich mit zwei neuen hartgesottenen Beschützern, zu meiner Sicherheit, wie Ture es nannte, als stete Begleiter abfinden. Beide waren akribisch, pflichtbewusst und mit scharfen Degen bewaffnet. Wie lächerlich und beschämend, dachte ich bei mir. Doch sie waren auch nur Männer, empfänglich der weiblichen Reize und Raffinessen einer Circe, die es darauf anlegt. Ich zog sie bald auf meine Seite und in meinen Bann, indem ich sie in mystische Spinnereien einlullte. So erzählte ich zunächst von Elfen, Feen und allen möglichen Zauberwesen, spann das Blaue vom Himmel. Ich erzählte Märchen, als wäre ich dabei gewesen und hätte alles selber erlebt. Sprach von wunderschönen Engeln, die auf Wolken flogen und im Himmel Einlass fanden. Ich beschrieb sie als zauberhafte, grazile Wesen, in langen seidenglitzernden Gewändern mit durchscheinenden Flügel, welche sie allerdings verlören, bei einer festen Bindung mit einem irdischen Mann. „Auch ich habe meine Flügel verloren," bemerkte ich, mehr symbolisch, als ernsthaft. So lauschten sie ergriffen meinen rhetorischen Spinnereien, auf den langen Wegen, bis ins Teufelsmoor, vor dem wir gewöhnlich eine Rast einlegten.

Während ich auf unseren Wanderungen, ständig nach Heilkräutern Ausschau hielt und eifrig meinen Korb füllte.

Minze, Baldrian, Kalmus und den roten Wasserdost, sowie Kastanien und Nüsse, fand ich zu Genüge.

Auch Melisse, Hopfen, Quendel und Wiesensalbei, konnte ich endlich ausfindig machen.

Wobei ich, wie auch sie, für Stunden der tristen Wirklichkeit entschwebte. Ein anderes Mal, driftete ich in die Zukunft, tausende Jahre in die ferne Zeit - eine halbe Ewigkeit später. Ich sprach von Riesenvögeln aus Stahl, von Menschen gesteuert, die dröhnend unter dem Himmel jagen würden. In rasender Geschwindigkeit, die Wolken zerfetzend, die zarten anmutigen Engel vernichten werden. Mit Staunen erlebte ich, wie die groben Klötze, ungehobelte Banausen ohne Feingefühl, wie ich glaubte, ergriffen zu Tränen gerührt, mit bebender Stimme stammelten: „Oh, so gibt es denn keine Engel mehr?"

Ich wusste ja nicht, was sich zur gleichen Zeit im Lager abspielte. Ich hatte keine Ahnung von dem Machtkampf, zwischen Ture und meinem Liebsten.

Denn nicht Ture war es mehr, den die Frauen anhimmelten und dem die Herzen entgegenflogen. Überall strömte ihm verhohlener Spott und Häme entgegen. Er sah seine alleinige Macht und Autorität schwinden und infrage gestellt. Seine Selbstüberschätzung bekam Risse.

Um sich zu behaupten, sah er nur den einzigen Weg, in Gewalt und Brutalität.

Wie schon so oft, suchte mich gegen Mittag, der junge Lehrling Günters arglos auf. Doch es war der falsche Zeitpunkt. Ungelegener hätte er es nicht treffen können. Ein strebsamer, ernsthafter junger Bursche, der meinem Liebsten, gewiss schon eine große Hilfe war und ihm mit Eifer zur Hand ging. So freute ich mich stets, ihn zu sehen. War er doch die einzige Bindung zwischen uns. So konnte ich immer wieder, versteckte Nachrichten, Liebesbezeugungen, hinter dem Etikett, wie eine zarte Romanze dazwischen schmuggeln und so aufrechterhalten. Es war fast ein wenig romantisch. So fühlten wir uns wie Romeo und Julia.

„Ich bin gesandt, die Heilkräuter, welche die ehrenwerte Frau, für meinen Herrn gesammelt, in Empfang zu nehmen," begrüßte er mich, verlegen den Kopf senkend. Ich glaubte Tore im Tiefschlaf, da er den halben Tag damit verbrachte, seinen Rausch auszuschlafen.

So bat ich Günters Boten freudig ins Haus.

„Ja sicher - gerne übergebe ich dir meine Sammlung. Ich habe vielfältige, heilsame Kräuter zusammengetragen, getrocknet und sorgfältig beschriftet. Schachtelhalm, der so reichlich wächst, dass du selbst ihn am Moor wie Heu mähen kannst. Also wirst du ihn, ebenso wie den häufigen roten Wasserdost und den Wermut, den du am würzigen Geruch erkennst, künftighin, eigenhändig ernten!

Selbst die wilde Goldblume und den Beinwell, habe ich endlich gefunden, zu Pulver zerstoßen und zu einer heilsamen Salbe bereitet. Hier, sieh nur", fügte ich freudig, erregt hinzu.

Das Schnarchen, das mich schon Stunden, wie schlechte Musik zudröhnte, verstummte abrupt.

Plötzlich stand er - Ture, klotzig, breitbeinig im Raum.

„So - so, er ist also von dem großen – wahnsinnigen Heiler geschickt," polterte Ture, der indes neben mich getreten war.

Aggressiv, herausfordernd, fiel er mir ins Wort.

„Sieh an, Er wagt sich mutig in die Höhle des Löwen. Nichtsnutziger Lakai – Handlanger des ketzerischen Großmauls, der allemal den Tod verdient hat. So wird der Lakai seinerstatt, dran glauben müssen. Ist er doch nichts anderes, als ein erbärmlicher Wurm, nicht des Kampfes fähig. Nicht einmal als Lanzenträger zu gebrauchen," knurrte er gefährlich und hob auch schon blitzschnell sein Schwert.

Mit einem einzigen Hieb, kaum, dass ich es wahrnahm, trennte er das Haupt des Jungen vom Körper.

Ich checkte es erst, als mir der Kopf vor die Füße rollte.

Die weit aufgerissenen Augen, starrten erstaunt, in dem Moment des Todes, auf dem Weg in das Reich seiner Ahnen.

Mich packte das Grauen. Das war so ungeheuerlich, dass es mich umwarf und mir für einen Moment die Sinne verdunkelte. Doch es war tatsächlich geschehen.

Ich schnappte keuchend nach Luft.

„Oh mein Gott, was hast du getan, du Teufel.

Ich verabscheue dich, du allein hast hast den Tod

verdient!" Kreischte ich, außer mir vor Entsetzen.

Ich riss das bluttriefende Schwert aus seiner Hand und

richtete es auf ihn.

„Oh, ich weis selbst nicht aeh - es hat mich überkommen,"

brummte er schuldbewusst und raufte sich zerknirscht die

Haare.

„Was machst du nur für eines Aufhebens, um diesen

Bastard, den wird keiner vermissen," fügte er herablassend

hinzu, kickte mit dem Fuß gegen den abgetrennten Kopf,

so das er in eine Ecke rollte, eine grässliche Blutspur

hinterlassend.

„Oh, wie konntest du nur so grausam und herzlos sein,

glaubst du, er hat keine Mutter, die um ihn weinten wird?

Und weis du, ob er nicht womöglich dein eigener Sohn ist,

den du gewissenlos ins Jenseits befördert hast?

Deine unsinnige Bluttat, wird zu einem Aufstand gegen

dich führen und..."

„Schweig Weib. Ich fürchte keine Rebellion, denn ich bin

der Herr über Leben und Tod. Ich habe jedes Recht, nach

Belieben über mein Volk zu verfügen!" Prahlte er.

„Du bist kein Herr, sondern ein bedauernswertes Monster,

eine Bestie in Menschengestalt!" Spie ich ihm - außer mir,

ins Gesicht. „Ich kann nicht mehr die gleiche Luft mit dir

atmen. Ich brauche frische Luft, sonst ersticke ich!"
Zornbebend, wandte ich mich um und lief fluchtartig dem
Ausgang entgegen. Direkt in die Arme der Wachen.
"Hoppla, junge Dame, wohin so eilig?"
"Er hat ihn getötet, einfach so aus purer Mordlust, den
Kleinen liebenswürdigen, unbescholtenen Knaben.
Ihr müsst ihn bergen und für ein angemessenes Begräbnis
sorgen," stammelte ich Kopflos und brach in ihren Armen,
schluchzend zusammen.
"Aber das wird zu einem Aufstand führen," entgegneten
sie, verwirrt den Kopf schüttelnd.
"Was seid ihr? Feiglinge, Arschkriecher, ängstliche
Memmen ohne Mumm oder gestandene Männer mit
Ehrgefühl?" Konnte ich noch herausbringen, denn Tore,
der mir gefolgt war, baute sich drohend vor uns auf.
"Hört nicht auf die Schwafeleien dieses törichten Weibes.
Sie weis nicht was sie redet. Der Bengel hat sie in meinem
eigenen Haus bedrängt. Schafft ihn fort, versenkt ihn im
Moor."
"Nein - nicht im Moor versenken wie ein Vieh", flüsterte
ich bittend, den Wachen zu. "Bringt ihn ins Lager, ich bitte
euch - flehe euch an. So hört auf mich und nicht auf
meinen teuflischen Kerkermeister!"
"Komm Weib, lass die Männer tun, was ich sie geheißen",
knirschte Tore gefährlich, packte mich und bugsierte mich
in die Tiefe des Hauses. Wo ihm der Alte zornig den Weg
versperrte.

„Du Ausgeburt der Hölle, Satansbrut, den ich genährt. Wäre ich nicht bei deiner Geburt zugegen gewesen, müsste ich glauben, du bist der Hölle entsprungen," zischte er verächtlich.

Bewaffnet mit einem hölzernen Stampfer, drosch er wie wild auf seinen missratenen Zögling ein, der sich grunzend unter den Hieben duckte.

„Genug jetzt Alter, fort mit dir, versperr mir nicht den Weg, mein Schwert ist noch warm und brennt darauf, dich hinweg zu fegen. Dein albernes Geschwafel rührt mich nicht...   Jetzt habe ich einen Bärenhunger!"

Die Nachricht von der Ermordung, dem sinnlosen Tod seines jungen Vertrauten, traf Günter schwer. Er trauerte nicht nur mit der leiblichen Mutter des Jungen, alle Frauen des Lagers, fühlten sich gleichsam als Mutter, denn sie alle hatten den ernsthaften Knaben aufgezogen und heranwachsen sehen. Vor wenigen Jahren erst, war er zwischen ihnen, tobend, in ausgelassenen Spielen lachend, herumgetobt. Ein liebenswertes Schätzchen, alle mochten den cleveren Buben.

„Ich werde nicht mit den Kriegern auf Raubzug ausziehen, oh nein, ich sehe mich eher als Euren Behüter und Heiler", hatte er schon als Heranwachsender, kindlich naiv prophezeit. Voller Stolz verfolgten sie seinen Aufstieg.

Nun war ihr geliebtes Schätzchen, das sie immer lachend ermunterte, nicht mehr.

Ein Aufstand und eine Verschwörung von den Frauen

angezettelt, führte zu nichts. Er wurde von den getreuen Schergen Tures, vereitelt.

Zwar fand er sich in Erklärungsnöten, angesichts der großen Sympathie und Anteilnahme der Mutter und Ziehmütter, die ihm mit Hass und Verachtung begegneten. So glaubte er dennoch, Keinem Rechenschaft zollen zu müssen. Es brodelte im Lager, die Frauen murrten. Die Ruhe und Ordnung war durcheinandergeraten, angeheizt – einer misstrauischen Aggression gewichen.

Während Justin sich zum verständnisvollen, einfühlsamen Haremswächter erhob. Er vermittelte abwägend und spielte mit viel List, den Weltgewandten, erfahrenen Seelentröster, ohne aufdringlich zu wirken.

Wobei er sein großes Bauwerk, nicht vernachlässigte. Tagsüber war er stets auf der Baustelle anzutreffen, wo ich ihn gelegentlich aufsuchte.

Der Schock des Erlebten saß tief. Ich konnte Ture lange nicht ansehen, vermochte seine Nähe kaum zu ertragen und ging ihm, so es mir möglich war, aus dem Weg.

Er gab sich reumütig und zerknirscht. Er versuchte mit läppischen Schmeicheleien, meine Zuneigung zu gewinnen. So ermutigte er mich in seiner Not, eines Tages zu einem Ausritt. Obwohl das Reiten und Nutzen der Pferde den Frauen nicht gestattet war.

Der Unterstand der Pferde war praktischerweise, direkt hinter unserem Haus. Ich glaubte zunächst, mich verhört zu haben, als er mir den so sehr ersehnten Ausritt gestattete. So ergriff ich augenblicklich die unverhofft, verlockende Gunst der Stunde. Vermutlich lag ihm viel daran, sich mit mir wieder versöhnt in der Öffentlichkeit zu zeigen - heile Welt vorzugaukeln. Das jedoch kümmerte mich im Moment wenig. Ich kannte indessen die edlen Rösser, die Ture bevorzugte und für sich allein in Anspruch nahm. Oft schon hatte ich sie mit Leckerbissen verwöhnt und mein Augenmerk, auf eine gewisse sanftmütige Stute geworfen. Der vertraute Geruch törnte mich an.

Als wir dann den Stall betraten, steuerte er zielstrebig die gewisse Box an.

„Diese Stute möchte ich reiten. Oh Ture, mach mir die Freude."

„Ja, du hast gut gewählt, sie ist wie geschaffen für dich," murmelte er gönnerhaft.

Ich hatte nicht damit gerechnet, ein eigenes Pferd zu bekommen, glaubte, im Würgegriff mit ihm, ein Reittier teilen zu müssen.

Ach welch ein herrliches Gefühl, endlich wieder allein auf einem Pferd zu sitzen, frei aller Zwänge entbunden, preschte ich voraus, dem See entgegen.

Von fern sah ich schon das imposante Bauwerk Justins, sich am Rande des Moores erheben. Es hatte bereits enorm an Höhe gewonnen. Aus der Masse der Maurer, löste sich eine Gestalt. Justin trat uns erfreut grinsend entgegen.

„Nun, was sagt ihr? Habe ich zu viel versprochen?"

Er sprühte sichtlich vor Tatendrang.

„Seht nur, der Turmbau hat bereits begonnen. Eine Warte mit einem Turm, der so hoch wird, dass ihr von Ihm angreifende Feinde, schon sehen könnt, wenn sie gerade erst aufbrechen. So könnt ihr heute schon sehen, wer sich morgen zum Aufbruch nach hier aufmacht!" Prahlte er, in sich hineinlachend.

„Ja, das hochragenste Mauerwerk aller Zeiten, einzig in seiner Statur und Höhe, wenn es erst fertig ist. Von dem könnt ihr sodann, über den Rand der Welt blicken!"
Ergriffen staunend, folgte Ture den gestenreichen Handzeichen seines Baumeisters und sah sich selbst, aus der Höhe des Turmes, in ferne Welten schauen.

„Oh, ihr seid wahrhaftig ein Zauberer, ein Mann der Tat, doch ich glaube, dass ihr zu Übertreibung neigt, Witzbold der ihr seid, denn wie kann ich heute schon sehen, wer erst morgen aufbricht!"

„Ach das ist eine alte berühmte Legende, aus dem hohen Norden," entgegnete Justin, einlenkend.

Ein alter Ostfriesenwitz, dachte ich belustigt.

„So - so, eine Legende aus dem Norden. Nun, den mächtigen, gefürchteten Normannen, traue ich alles zu. Denen möchte ich nicht begegnen. Doch wie mir scheinen will, seid ihr ihnen schon begegnet und habt überlebt!"

„Ja freilich, sie sind zwar grausame Schlächter, aber dumm. Ich konnte sie mit viel List, übertölpeln und zum Narren halten. Ich war schon überall auf der Welt, bin weit herumgekommen. Nun bin ich hier gelandet. Hier gedenke ich, mich zu verewigen, mit einem Bauwerk, dass einmalig sein und euren Nachkommen zu Ruhm und Ehre gereichen wird!"

„Ihr redet und handelt wie ein großer Gelehrter, geben die Götter, dass es euch bald gelingt."

„So werden wir beide einst, gemeinsam über den Rand der Welt blicken und in fremde Welten schauen," bemerkte er schwärmend - mir zublinzelnd.

Worauf ich heftig nickte, doch bei mir dachte: Oh nein, gewiss nicht mit dir, werde ich über den Rand der Welt schweben. Mein Liebster wird es sein, mit dem ich diesen letzten Weg gehe, denn dich sehe ich nur, als meinen Kerkermeister, aus dessen Würgegriff, mich zu befreien, mir nicht gelungen ist.

Auf dem Weg zurück, trieb ich die Stute zu einem wilden Galopp an. Er folgte mir unverzüglich und holte auf, bis er neben mir ritt.

„Warum zieht ihr immer nur nach Osten und Süden, gibt es im Norden und Westen nichts zu erobern?"

„Nein nicht in den Norden. Da ist das Weltenende, dort geht es nicht weiter. Ein alles verschlingendes, tosendes Wasser beendet dort die Welt. Zudem hausen da wilde, mächtige, grausame Riesen, Normannen genannt, die jeden fremden Eindringling, bestialisch abschlachten, der es wagt, in ihr Reich einzudringen."

„Ah - ja du sprichst von den mordrünstigen Wikingern.

Aber haben die nicht erst viel später ihr Unwesen getrieben?"

„Sie töten auf vielerlei grausame Arten. Bevorzugt, werfen sie mit Äxten. Selbst deren Weiber sind nicht weniger blutrünstig!"

„Doch ich staune, Ture der Schreckliche, der bestialisch ohne Erbarmen, seine Gegner niedermetzelt. Ture der furchtlose Krieger, fürchtet sich vor den Normannen!"

„Ja, bei den Göttern, ich fürchte sie, weil mir mein Leben lieb ist", betonte er kleinlaut. „Sei es drum, gen Norden werden wir nimmer ziehen. Auch im Westen erwartet uns das andere Weltenende. Denn auch dort breitet sich nur endloses Wasser vor uns aus!"

„Das mag wohl sein, doch dahinter liegt eine große fruchtbare grüne Insel, die mühelos mit Booten oder besser gesagt, mit Schiffen, erreicht werden kann."

„Bah - klugschwätzerei, wozu sollen wir uns so viel Mühe machen, wenn sich doch hier genügend Möglichkeiten bieten," beendete er die unfruchtbare Debatte.

„Komm Weib - ins Haus, wo du hingehörst, ich sehe, du zweifelst schon wieder an mir, bin ich nicht ein ruhmreicher Krieger?"

„Ja ein Angeber, ein Despot und Rechthaber. Du musst dich den Dingen nüchtern stellen, ohne Schaum vor dem Mund - deine groteske Weltanschauung, selbstkritisch überdenken..."

„Bah - was faselst du so hochtrabend, besserwisserisch

daher Weib, das nichts von Männerwürde versteht."

„Ja Gott, du bist ein imposanter Herrscher, ein ganzer Kerl, ein Supermann und furchtloser Recke", bemerkte ich spöttisch. „Die Weiber haben dir gewiss schon längst deine Schandtaten verziehen und schielen nach dir, einem Bären wie du es bist. Ich jedoch stelle andere Ansprüche.
Mir imponierst du so nicht. Du hältst mich gefangen in diesem düsteren Verhau, den ich als meinen Kerker sehe.
Ich fühle mich gefangen, mir graut vor dir. Du nimmst mir die Freiheit, zwingst mich, in diesem finsteren Gefängnis zu leben. Hier vergehe ich, wie ein Schmetterling ohne Sonne.
Du trennst mich von meinem angetrauten Gatten, den ich liebe und verehre."

„Du magst zwar listig und verwegen sein, er aber ist nicht nur klug, sondern wissend. Mit ihm kannst du dich nicht messen!"

„Ach, der Feigling, der kein Schwert zu führen weis.
Mein heißes wildes Blut ist also zu heiß für die Göttliche.
Wenn du so allwissend bist, wie es mir bisweilen erscheint, so sag mir doch, wird mein Stamm sich fortpflanzen und weiterbestehen?"

„Nun, wenn dein Stamm tatsächlich den Burgundern entstammt, wie du mich wissen lässt - wird dein Stamm irgendwann, weit in den Westen ziehen, dort Boden fassen und heimisch werden, kann ich dich beruhigen. Auch wenn du selbst keinen legitimen Sohn, also keinen genetischen Nachfolger hervorgebracht hast, wird dein Stamm sich vergrößern und Jahrtausende fortbestehen.

Aber aus den fernen Osten, werden bald die Wilden dringen. Sie walzen alles, was sich ihnen in den Weg stellt, nieder. Sie nehmen dein Land - deine Frauen in Besitz, missbrauchen euch als Sklaven oder als Kämpfer in den ersten Reihen."

„Lasst erstmal die Römer das gesamte große, rückständige Germanenreich überfluten und besonders den Westen kultivieren."

„Doch wisse, die Nachfahren deines Stammes, wird es ewig geben, nur ein wenig netter, charmanter und gesitteter, als ihr es heute seid!"

„Das alles ist sehr verwirrend und wann wird das sein? Und woher weist du das alles?"

„Ich weis es eben, doch all das geschieht in ferner Zukunft, du wirst es nicht mehr erleben!"

„Hm - nun ja, du sagst, ich habe keinen Sohn gezeugt. Ich bin also kein richtiger Mann, so behaupte ich, du bist keine richtige Frau, die mir keinen Sohn zu gebären im Stande ist!"

„Hast du mich je gefragt, ob ich das will?"

„Wie - was sagst du da, das hängt allein von deinem Willen ab?"

„So ist es. Du hast ja von Anfang an gewusst, mit wem du es aufnimmst. Ich bin keine von Euch, bin kein naives Dummerchen, das sich fügt und in deinen Rahmen einpasst. Denn wisse, Unrecht Gut, gedeihet nicht!"

Er starrte mich sinnend an. Zeigte keine Spur von gekränkter Würde. Er schluckte alles scheinbar ungerührt und ging übergangslos zur Tagesordnung über.

Nichts änderte sich. So konnte es nicht weitergehen. Ich konnte mich nur in süße Träume flüchten. Wenn der Mond die Sonne ablöst und die Dunkelheit mich umhüllte, träumte ich häufig von unserem lichtdurchfluteten Wintergarten, in dem ich mich behaglich erquickte, während sich draußen der Schnee, einen halben Meter hoch türmte und ein Eissturm wütete. Ich sah die Flocken tanzen und bald darauf die Sonne, sich bahnbrechend den Himmel erhellen.
Doch welch grausames Erwachen, in einer fensterlosen, düsteren Behausung in Eiseskälte, neben einem rülpsenden, furzenden Barbaren, ohne jegliche Kultur und einer Weltanschauung, die sich ausschließlich um Manneskraft, Stärke, Kampf um Raubüberfälle und brutale Gewalt drehte. Unfähig, mich als gleichberechtigte Partnerin anzuerkennen. Ohne ihn wäre ich besser dran, doch ihn zu töten, brächte mir nur noch mehr Leid, denn so wäre ich, erbarmungslos den Schergen - seinen Nachfolgern - ohne Schutz den wilden, ungezähmten Barbaren ausgeliefert. So ertrug ich das geringere Übel.

Der Himmel war wolkenverhangen, doch die Sonne
blinzelte zwischen den Wolken - brach sich schließlich
Bahn, als wir uns zu einem Ausritt aufmachten.

„Sieh dort, ein Regenbogen. Ein untrügliches Zeichen der
Gunst, der Götter. Denn nicht nur von der großen
Weltesche, dem gewaltigen Baum, der Menschen und
Götter verbindet und zum Tor der Walhalla führt, sondern
auch von einem Regenbogen kann man zu Walhalla
gelangen", belehrte er mich ernsthaft.

„Hast du denn den mächtigen Eschenbaum schon einmal
von Angesicht geschaut? Wo ist er denn? Keiner hat ihn
je gesehen. Woher willst du wissen, dass er wirklich
existiert. Und glaubst du wahrhaftig die Mythen über den
Regenbogen, der euch zu den Göttern gelangen lässt?
Ein Regenbogen ist flüchtig und nichts anderes als eine
kurze Erscheinung am Horizont, der unter Regenwolken
und Sonnenstrahlen entsteht. Durchscheinend und
niemals zu erreichen, weil er nicht materiell ist
Nicht einmal eine Mücke, findet darauf Halt!"

„Oh, du bist zynisch und gotteslästerlich, du ungläubiges
Weib, verleugnest unsere Werte, verdirbst mir die Laune
auf einen vergnüglichen Ausritt. So werde ich künftig lieber
alleine ausreiten!" Knurrte er ärgerlich.

Er schwang sich aufs Pferd, gab den Wachen ein
Handzeichen und entschwand meinen Blicken, hinter einer

Staubwolke. Oh wie ich ihn hasste, diesen selbstherrlichen Kerl.

Bald bemerkte ich, dass er öfter fortging und länger ausblieb. Zu seinen Stammesversammlungen, wie er mich wissen ließ. Er wird doch nicht schon wieder einen Überfall planen, dachte ich besorgt. Denn damit käme mein Liebster gleichermaßen, in eine gefährliche Lage. So blieb mir nur, Justin bei nächster Gelegenheit zu befragen und Auskunft, über das Treiben der Krieger und insbesondere Tures zu erlangen.

„Ach der - der treibt es mit zwei Weibern gleichzeitig. Ich dachte, du hast ihn mittlerweile gezähmt?"

Worauf ich belustigt erwiderte: „Na und, soll er nur zwei zugleich beglücken. So erspart er sich unnütze Wege und schont mich gleichermaßen. Oder glaubst du, ich bin scharf auf diesen stümperhaften Barbaren?"

„Nein gewiss nicht, du hast was Besseres, einen wie mich verdient", antwortete er, anzüglich grinsend.

„Ich bin jederzeit bereit, dich schadlos zu halten, auf unserer versteckten, kuscheligen, kleinen Liebesinsel, zwischen den Sümpfen, wo uns keiner sehen und erreichen kann!"

„Ach du unverbesserlicher Charmeur, du hast nur eines im Kopf. Ich hingegen wollte nur wissen, aeh – da du ja mitten unter Ihnen lebst, kommt dir doch alles zu Ohren. So weist du gewiss auch, ob schon wieder ein Raubzug geplant ist!"

„Ein Raubzug ist meines Wissens nicht in Planung.

Die Unruhe unter den mordrünstigen Kerlen wächst allerdings. Sie sind das sesshafte, langweilige Lagerleben nicht gewöhnt. Sie wollen ihre Freiheit auskosten und ins Feld ziehen. Doch der Hauptmann zieht es vor, sich zwischen Weiberschenkeln auszutoben! Ja ich schätze, er wird allmählich zu alt für diesen Job!"

„So sag, ist denn schon ein Nachfolger in Sicht?"

„Nun, es wird viel gemunkelt. Doch noch wagt Keiner, es laut auszusprechen. Bedenke, das könnte für dich unangenehme Folgen haben, denn wenn es dazu kommen sollte…"

„Ja, ja, dessen bin ich mir bewusst", fuhr ich ihm ungeduldig ins Wort." Ich werde mit ihm ein ernstes Gespräch führen müssen."

Oh - je. So droht mir noch ein viel schlimmeres Ungemach, vom Regen in die Traufe. Wusste ich bisher woran ich bin, so erwartete mich künftighin eine noch ungewissere Zukunft.

Noch hatte sich nichts an meiner Situation geändert. Ob meine Ermahnungen fruchteten, erfuhr ich nicht. Ich hatte viel Zeit und verbrachte sie nicht selten in Tagträumen. Ich verwechselte bald Traum und Wirklichkeit.

Mangels eines geistigen Gedankenaustausches, belebender Geräuschkulissen, doch außer dem alten Weisen, der mit jedem Tag wunderlicher wurde, betönte mich nur das allgegenwertige rascheln und quieken der

Mäuse. Werde ich nun allmählich verrückt?

Doch wie ist dieses sinnlose Leben anders zu ertragen, als in verwunschenen Fantasien, die alten Zeiten herauf zu beschwören, am Arm meines Liebsten, selig durch blühende Wiesen schreitend. Doch die Realität holte mich ein.

Meine Arbeit war getan. Für das Mittagsmahl hatte ich alle Vorbereitungen getroffen. Der Hammelbraten, schmorte in einem großen Topf, den Justin, woher auch immer, herbeigezaubert hatte. Die Tageszeit, schätzte ich, wie alle, nach dem Stand der Sonne, wenn sie denn schien.

Ich war froh, endlich aus der verräucherten Kochnische ins Freie zu gelangen und sog die Luft befreit einatmend, tief in die Lungen. Schon mit dem ersten Schritt aus der Tür, bemerkte ich eine Veränderung.

Das Kleine spärliche Pflänzchen, in dem ich einen Pfirsichbaum vermutete, dessen Keimung auf wundersame Weise entstand. Aus einem Pfirsichkern, den ich in den Falten meines Rockes gefunden und gedankenlos in die Erde, vor dem Haus getreten hatte, war über Nacht ein stattlicher Baum geworden. Seine Äste waren weit verzweigt und spendeten Schatten. Erstaunt betrachtete ich dieses Wunderwerk der Natur und gewahrte ihn, voller süßer Früchte. Ein Zeitsprung, erkannte ich.

Instinktiv griff ich nach einer der appetitlich, saftigen

Leckereien und biss herzhaft hinein. Ein Moment köstlichen Glücksgefühls, ließ mich sinnend verharren. So bemerkte ich zunächst nicht den Justin, der sich lautlos genähert hatte. „Carla du lebst noch? Aber du bist doch - aeh - aber ihr seid doch aeh - in den Tod gesprungen!"

„Ja das sollte mich nicht wundern. Doch sag, wie lange ist das her und was ist seitdem geschehen?"

„Nun, nicht viel, nur der normale Wahnsinn.

Im Grunde ist gar nichts umwerfendes geschehen, in den vergangenen Jahren. Nun ja, am Anfang, nachdem - also als ihr den Freitod gewählt und man eure zerschmetterten Überreste suchte, aber eigentlich nie fand. Denn in Wahrheit lagen an der Stelle nur die Gebeine von Arbeitssklaven, die bei ihrer gefahrvollen Arbeit, aus

schwindelnder Höhe stürzten und ums Leben kamen.
Welche die Dorfbewohner nun für die Euren hielten.
Es war so fürchterlich. Ach ich mag es gar nicht
aussprechen."

„Nie zuvor habe ich einen Mann erlebt wie den
Hauptmann. Erst brach er wie ein gefällter Baum
zusammen. Dann wütete er wie toll, zerstörte und
vernichtete, in wilder Wut die kostbare Arzneien
Sammlung - Wundsalben und Tinkturen des Doktors,
deines Gatten. Alle gingen ihm damals aus dem Weg,
flüchteten vor ihm, wie vor dem Teufel. Worauf er sich
zurück zog und vom Erdboden verschwand. Denn Tage
später sah man ihn auf seinem Lieblings Pferd, in wildem
Galopp das Lager verlassen!"

„So hat alles Leid ein Ende," bemerkte ich aufatmend.
„Doch meinen Liebsten - gibt es ihn nun gar nicht mehr?"
Fragte ich naiv.

„Wie sollte es!" Belehrte mich Justin kopfschüttelnd.
„Oh diese verfluchte Zeit, die ich garnichtmehr erleben
will. Zum Teufel, wie kann ich jetzt hier sein, denn auch
mich kann es ja gar nicht mehr geben, wenn ich eigentlich
tot bin. Vermutlich löse ich mich im nächsten Moment auf.
Doch vorher will ich alles wissen. Wie ging es dann weiter,
so rede doch, beeil dich. Ist er nun fort, der Hauptmann?"
„Oh nein, eines Tages ist er wieder zurückgekehrt!
Aber dann..." Der Satz blieb unvollendet.
Der erquickende Schatten des Baumes, unter dem ich

stand, erhellte sich - löste sich auf.

So auch Justin, der urplötzlich verschwunden war.

Der prächtige stolze Baum, schrumpfte wieder zu einem winzigen Trieb.

Der ganze Spuk – der Zeitsprung war vorüber. Verwirrt stand ich vor unserem Langhaus und rieb mir die Augen. An Justins Stelle, traten mir, wie gewohnt die beiden, lästigen Wachen entgegen.

„Nun, wohin soll es denn heute gehen, wehrte Herrin?"

„Wie - was sagt ihr? Ach das ist mir egal. Führt mich nur fort von hier! Treibt mich ins Moor, auf dass ich dort versinke!"

„Oh ihr redet törichtes Zeug, der Herr ist eh schon übler Laune. Nun - wenn es euch dorthin zieht, so werden wir den Weg einschlagen. Aber in den Sumpf werden wir euch nicht gehen lassen, bei allen Göttern, das werden wir zu verhindern wissen!" Ereiferten sie sich und nahmen mich beschützend in ihre Mitte.

Der Nebel in meinem Kopf lichtete sich. Meine Gedanken begannen sich wieder zu ordnen. Günter mein Liebster, lebt noch, genau wie ich, hämmerte es in meinem Kopf. So muss auch ich noch weiterleben.

Mittlerweile hatten wir die Sümpfe erreicht.

„Lasst uns hier wie immer rasten", bestimmte ich.

Ich wartete, bis sie sich zwischen den Binsen, behaglich ausgestreckt hatten. Dann sprintete ich los. Ich kannte den Weg, wusste jeden Schritt durch das sumpfige Gelände.

Noch ehe sie sich meines Vorhabens bewusst waren, hatte ich schon ein gutes Stück durch das gefährliche Terrain zurückgelegt. Sie zeterten aufgeregt, doch sie wagten nicht mir zu folgen. Zu groß war die Furcht, im Moor zu versinken.

„Um Himmelswillen kommt zurück, das Moor wird euch verschlingen. Der Herr wird uns massakrieren, in seinem Zorn", jammerten sie in größter Panik.

Ich indessen hatte die kleine Insel im Moor bereits erreicht und entschwand aufatmend ihren Blicken.

Justin, hatte mich von seiner hohen Warte, von dem Turm, an dem er unermüdlich baute und der schon enorm an Höhe gewonnen, längst gesehen.

Er unterbrach kurzerhand seine Arbeit und gesellte sich umgehend zu mir.

„Nun bist du endlich gekommen, hast den Weg zu mir gefunden. Wie lange habe ich darauf gewartet!"

„Ach Justin, ich wollte dich noch so vieles fragen. Doch nun ist mir klar, du kannst es ja gar nicht wissen, denn es ist ja noch gar nicht geschehen."

„Ach was dereinst geschehen wird ist unwichtig.
Wir sollten aus dem Jetzt, das Beste herausholen.
Komm in meine Arme, lass uns alles Unangenehme vergessen - wie damals!"

Ja damals, als mein Liebster mich verstoßen und die Welt für mich unterging. Damals, doch gleichsam so viele Jahre später in der Zukunft, war es als Justin mich mit offenen

Armen aufnahm, mir seine schon ewig schwelende Liebe gestand und mich mit einem Lügengebilde, in seine Abhängigkeit zog. Balsam für meine geschundene Seele, der mich Jahre an seine Seite fesselte.

Oh ja, wir hatten gewiss eine erotische Zeit, die nicht zu leugnen ist und noch immer im meiner Erinnerung loderte. Wie lange es auch her sein mag, so geschah es doch in ferner Zukunft, wohl im Jahre 1890.

Ich versank in seinen Armen, ergab mich dem Moment, der Stunde der Glückseligkeit.

Oh wie wohl taten mir die zärtlichen Hände, heiße weiche Lippen, die mir Schmeicheleien – törichte Liebesschwüre ins Ohr raunten. Ein tastendes Suchen erst - rein und sinnlich - sich in hungrige Begierde steigernd. Nicht nur der Akt der Vereinigung, viel mehr knisternde Erotik pur.

Ein Suchen und Finden. Wie sehr vermisste ich die streichelnden Hände. Wie sehnsüchtig verlangte mein Körper nach Zärtlichkeit.

War es auch nur eine Hassliebe auf Ewig, die uns verband, so war sie nun wieder neu entflammt.

Wir hätten uns niemals wieder begegnen dürfen. Doch das Schicksal kreuzte immer wieder unseren Weg.

Ein störender Lärm. Rufe - nein eher ein wütendes Gebrüll, schreckte uns brutal aus unserer intimen Versunkenheit. Wir fuhren erschrocken in die Höhe.

Ein aufgeregter, lautstarker Tumult, nicht weit von uns entfernt. Nur wenige Meter, durch wabernden Morast getrennt, den keiner außer uns zu betreten wagte.

Dort sahen wir ihn, den Hauptmann, furchteinflößend in seinem unbändigen Zorn, zwischen den verängstigten Wachen, fluchend - heftig gestikulieren.

Als er uns sah, ging ein Ruck durch seinen Körper.

Sein Gesicht färbte sich dunkelrot und wandelte sich in eine böse hasserfühlte Fratze.

„Da - seht Ihn den Schurken, den Weiberschinder. Er hat mein Weib geschändet und in seine Gewalt gebracht.

„Du bist des Todes Kerl," brüllte er außer sich.

„Nehmt ihn gefangen, Männer!"

„Bah – sie ist nicht dein Weib, nicht mehr, als das Meine", konterte Justin unbeeindruckt. „Du bist ein grausiger Liebhaber, nicht mehr als ein Vieh. Zu vergleichen mit einem Hasenbock, einem Rammler. Mann - solch ein göttliches Weib, ist einen sauberen, kultivierten Mann gewohnt. Nicht so einem Barbaren, ein halbes Tier wie du es bist!"

Diese beleidigende Schmähung, vor seinen Untergebenen, verschlug ihm die Sprache. Niemand hatte es bisher gewagt, so mit ihm zu verfahren.

„Sie hat allen Grund, euch zu fliehen und nach einem gefühlvollen Könner der Liebeskunst zu verlangen," fuhr Justin fort zu lästern.

„Nun was ist? So ergreift mich doch, sperrt mich ein, foltert oder köpft mich, wenn ihr es wagt. Aber geschieht Ihr ein Leides, dann verfluche ich euch, über den Tod hinaus. So mögt ihr alle Zeit im Höllenfeuer schmoren. Zudem werdet ihr dann niemals das göttliche Bauwerk vollendet sehen!"

„Kommt - bindet und tötet mich, traut euch nur. Doch ihr werdet im Moor versinken und elendig ersticken.
Nur Göttern und Zauberern ist es gegeben über Sümpfe zu schweben. Deine Macht endet hier! Du hättest dich niemals an ihr vergreifen dürfen!" Fügte er hitzig hinzu.

„Ha - wer bestimmt das!" Bellte der Gescholtene, in die Enge getrieben.

„Du bist nicht in der Lage, große Sprüche zu klopfen, Wurm, der du in meinen Augen bist. Ich muss verrückt sein, sie jemals wieder in deine Obhut gehen zu lassen, doch ich bin kein Unmensch. So zieht euch auf der Stelle zurück. Ihr werdet sie noch vor dem Abend, wohlbehalten in eurem Gemach erwarten dürfen!" Versprach er und betupfte sich genervt die Stirn.
Grollend, nicht ohne abschließende Drohgebärden und derbe Flüche ausspuckend, zog sich der große Krieger verdrossen zurück.

Wir waren wieder allein.
„Wow, Justin - was war das denn eben für ein Ausbruch. Hast du dich nicht zu weit aus dem Fenster gelehnt? Fürchtest du keine Repressalien?"
„Ach der Angeber, der weis doch, dass ohne mich nichts weitergeht. Der braucht mich mehr, als ich ihn, eher sorge

ich mich um dich. Wird er seinen Zorn an dir auslassen?"
„Und wenn, so werde ich auch das überstehen!" Setzte ich
mutig entgegen. „Tja - so werde ich dann wohl gehen
müssen," seufzte ich verzagt.

„Oh nein, nicht gleich, bleib noch. Jetzt sind wir ungestört.
Lass uns noch ein paar Stündchen unsere Zweisamkeit
genießen, wer weis, wann sich wieder eine Gelegenheit
bietet!"

Einige Stunden später, machte ich mich mit banger Sorge
und bebenden Knien, auf den Weg in das verhasste Reich
des Despoten auf, ein Donnerwetter erwartend.

Zaghaft - ängstlich, scheu - wie eine Fremde zögernd, trat
ich ihm dennoch, mutig entgegen.

"Nun was ist - mein Gefängniswärter? Willst du mich nicht
strafen, mich schlagen und beschimpfen?"

Doch nichts dergleichen geschah. Niedergeschlagen, in sich
gekehrt, hockte er auf einem Sitzklotz und blickte mit
sanften Dackelaugen zu mir auf.

„Bin ich wirklich solche eine Bestie – ein Untier ohne
Gefühle? Was hast du ihm erzählt?"

„Oh - ich hätte mich geniert, ihm deine tölpelhaften
Überfälle auf mich zu schildern. Ich habe ihm gar nichts
über uns erzählt. Er hat sich alles selbst zusammengereimt.
Bedenke, du bist verrufen unter dem Volk."

„Ach das verdammt Volk, schert mich nicht. Für mich zählt
einzig deine ehrliche Meinung."

„So - so, neuerdings interessiert dich meine Meinung?

Nun, du hast es in der Tat bisweilen an Respekt zu mir, fehlen lassen, gab ich unumwunden zu und wiegte tadelnd den Kopf. Du bist egoistisch, denkst nur an dein Vergnügen. Es gehört ein bisschen mehr dazu, eine Frau zu beglücken!"

„Das ist also nicht alles, lässt du mich wissen? So sag es doch endlich, was erwartest du von mir. Was soll ich denn noch tun, um dir zu genügen?"

„Zärtliche Küsse überall, Streicheln und Liebkosen - bringt eine Frau in die rechte sinnliche Stimmung. Ein Geben und Nehmen muss sein. Du aber kennst nur nehmen und nicht geben, so bist du nun mal. Aber du brauchst dich nicht verbiegen, lass es einfach so, wie es ist ich brauch dich nicht. So jedoch hast du mich aus dem Haus getrieben, suchend nach Liebe und Anerkennung, die ich bei dir nicht finde."

„Oh – das wusste ich nicht. Das wird alles anders werden. Schon morgen werde ich dich zu meiner ebenbürtigen Gemahlin erheben. Ein großes Fest wird zu deiner Ehrung stattfinden!"

„Ich brauche keine trügerische Feier - ein Besäufnis, das eine glückliche Verbindung zwischen uns Lügen straft. Und was ist dann, was ändert sich für mich, wenn du nicht Willens bist, mir meine Freiheit zu schenken?"

„Das ist das einzige, was ich nicht kann, denn ich weis, ich würde dich verlieren."

„Aber du hast mich doch gar nicht wirklich, wenn ich nur

unter Zwang bei dir bleibe!"

„Oh doch, ich habe dich bei mir. Mehr will ich gar nicht."

„Ach es ist müßig, mit dir vernünftig reden zu wollen," erwiderte ich verzagt und wandte mich ab, ging in die Tiefe des Hauses, um nach dem Alten, um den ich mich sorgte, zu sehen, denn er hatte stark abgebaut.

Sein exzellenter, spritziger Geist - sein enormes Wissen, waren verpufft. Kaum dass er noch mehr als eine Hülle seiner Selbst war. So verdämmerte er den Tag, vergaß Zeit und Raum.

Er, der große Allwissende, dessen Namen ich nicht kannte, Ihn, den ich als eine Art Schamanen sah. Er konnte sich durch gewisse Rauschmittel in Trance und Ektase versetzten und somit als Medium eine Verbindung zur Unterwelt, zu Dämonen, Hexen und dem Teufel herstellen. Wobei er mir die gleichen Gaben zuschrieb und verlangte, mich ebenfalls mit den dunklen Mächten zu verbinden.

Wo hingegen er selbst, die Zahl seiner Lebensjahre, nie angeben konnte. Gleichwohl, erschien er mir mittlerweile Hundertjährig. Ein Greis, den die Zeit vergessen hatte, kaum, dass er mich noch erkannte. Doch wenn er mich in einem wachen Moment erkannte, schalt er mich.

Er wetterte, beschimpfte mich - meine Gabe nicht nutzbringend angewendet zu haben. Worauf ich nichts, als ein Achselzucken, zu erwidern wusste. Denn ich selbst kam bisweilen in Zweifel, verlor die Zeit der Jahre, die ich mittlerweile hier verbrachte, aus den Augen.

Waren es vier oder gar sechs Sommer, in den
verwirrenden Jahreszeiten ohne Kalender, die ich sinnlos
vertan. Ebenso kannte ich nicht mein genaues Alter.
Doch ich wusste, dass ich mich jenseits der 50 befand.
Mein Spiegelbild konnte ich nur gelegentlich auf glatter
Wasseroberfläche ausmachen. Denn leider besaß ich
keinen Spiegel, nicht einmal eine winzige Scheibe war mir
geblieben. Doch ich wusste aus meinen vorigen Leben,
dass ich auch noch mit 65 und 70 Jahren, einen gewissen
Reiz ausstrahlte. Was immer das auch war.
Plötzlich entsann ich mich, wenn auch nur sehr schwach,
der grausamen Zeit, welche ich als Hundertjährige in
Höhlen hauste, mich von Beeren und Bachgewässern am
Leben hielt.
Damals war mein Haar schlohweiß und ist es fortan, auf
unerklärliche Weise auch nach meiner Verjüngung mit 38
oder 40, so geblieben.
„Du leuchtest im Dunkeln und weist mir stets den Weg zu
dir", hatte mich Giesbert und Kevin oft geneckt.

Auf dem Weg in den hinteren Bereich des Hauses, strömte
mir ein unangenehmer Geruch entgegen. Es roch nach
angebranntem Ragout. Der Alte war am Herd
eingeschlafen. Ich weckte ihn nicht. So konnte ich
ungestört meinen Erinnerungen und Gedankensprüngen,
freien Lauf lassen.
Was wird mein Liebster denken, wenn ihm die heikle
Angelegenheit zugetragen wird, brannte mir jetzt

schmerzend auf der Seele. Unbehaglich sah ich dem was kommen wird, entgegen.

Günter, dem längst die Gerüchte aufgebauscht, übertrieben und verzerrt zugetragen waren, versank nicht in tiefe Depressionen und Seelenpein. Vielmehr als es ihn schmerzte, frohlockte er.
Denn er sah es genau wie ich, eher als Untreue gegen den verhassten, selbstherrlichen Rivalen, der sich als unumschränkter Herrscher sah.
Hah - nun hatte Sie, seine Carla, ihm Hörner aufgesetzt und ihn der Lächerlichkeit preisgegeben. Eine geheime Schadenfreude, tröstete ihn über den Kummer.
Er ahnte von dessen plumpen Beiwohnungen, die eine sinnliche Frau wie Carla, eher als unangenehme Störung betrachtete. Wie er zutreffend vermutete. Denn er wusste, wie der Hauptmann mit den Frauen umging.
Dennoch brannte und stach der Schmerz der Eifersucht, wie hundert Dolchstiche in seiner Brust. Manchmal glaubte er vor Pein, Gram und Übelkeit erregender Schmach, nicht mehr weiter atmen zu können. So blieb ihm nur, sich umso mehr in seine Aufgabe, die ihm volle Konzentration abverlangte, zu stürzen. War er doch gleichermaßen Chirurg, Internist, Zahnarzt, Geburtshelfer und Seelenklempner.
Denn nicht selten klagten ihm die rechtlosen Frauen ihr Leid. Doch auch er war ein Mann mit gewissen Bedürfnissen. Nun – er lebte gewiss nicht wie ein Mönch,

denn das Angebot an Gelegenheiten war groß und verlockend, zumal Sie ihn, den wüsten brutalen Kerlen der Armee, bevorzugten.

Doch die langen Nächte in seiner bescheidenen Unterkunft, verbrachte er allein. Sie betrat niemals ein weibliches Wesen, denn sie gehörten „Ihr" seinen Erinnerungen und Sehnsüchten, mit Hoffen und sinnlosem Warten - Warten - doch auf was?

Wenn sie doch einmal nur zu zweit allein sein könnten. Reden- ein paar Worte nur austauschen. Ihren Plan, dem allen ein Ende zu bereiten, besprechen. Er war bereit, den letzten Weg mit ihr zu gehen, in die Ewigkeit, wenn die Ewigkeit enden muss. Doch stets patronierten Nächtens, bis an die Zähne bewaffnete Wachen vor seiner Tür.

Nicht möglich, sie zu bestechen. Was hatte er ihnen schon zu bieten, im Austausch für ein paar Stunden Freiheit? Was jedoch konnte er in der Nacht ausrichten, denn Sie wurde ja ebenfalls bestens bewacht.

Ich stellte mich schlafend, wenn Ture sich verkatert doch scheinbar munter neben mir erhob. Was selten geschah, doch diesmal war ich augenblicklich munter, als er mir die Decke fortzog und zu sprechen begann.

„Komm mein Schätzchen, heute gewähre ich dir einen Ausflug. Doch nur mit mir, wirst du gehen. Ich traue keinem der Wachen mehr, sie haben sich als nutzlos erwiesen. Nun, was sagst du dazu? So komm schon, ehe ich es mir anders überlege!"

„Oh wie großzügig von dir. Natürlich freue ich mich, aber lass mir noch ein wenig Zeit, mich zu waschen und anzukleiden, oder soll ich dich im Nachthemd begleiten?"

„Ach ihr Weiber, müsst euch immer erst rausputzen", brummte er versöhnlich. Belustigt verfolgte er meinen Eifer - mich in eines meiner selten benutzten, farbenfroher Gewänder zu pellen, in der glühenden Sommerhitze.

Dazu wählte ich ein passendes Hütchen mit Tüllschleier, der mein Gesicht verdeckte. Nur für ihn, meinen Liebsten, schmückte ich mich und putzte mich heraus. Denn ich wusste, dass er, wo immer er auch war, sich verborgen hinter Strohgeflecht, mich beobachtete und mein Anblick ihn erfreuen und aufleben lassen würde. Den Schleier jedoch trug ich, als unausgesprochenes Zeichen meiner Trauer.

Er würde schon verstehen...

An der festen Hand Tures, schritt ich verzagt durch das Lager. Während er mich voller Stolz präsentierte, als wollte er allen bekunden: Seht, das ist mein Weib, nur mir ist sie zugetan! Eine künstliche Zurschaustellung.

Diese alberne Prozession jedoch, erachtete ich als peinlich und lächerlich. Eine Farce, die mir zuwider war.

„Genug jetzt", begehrte ich nach einer Weile auf.

„Dieser Aufzug langweilt mich zu Tode. Lass uns lieber einen Blick auf das neue Bauwerk werfen. Sicher langt der Turm schon bis in die Wolken!"

Der nächste Morgen führte uns endlich an den gewissen Schauplatz.

Schon von Weitem sahen wir den Turm in die Höhe ragen. Ein imposanter Anblick.

„Oh welch hoher Besuch!" Empfing uns der Baumeister Justin, hoch erfreut. „Mein Bauwerk ist zwar noch nicht vollendet, aber dennoch könnt ihr schon einen überwältigen Blick in die Ferne, weit über das Land genießen!"

Eine kraftraubende Klettertour begann. Da es an eisernen Leitern und Handläufen fehlte und der Aufstieg nur durch herausragende Quadersteine möglich war, gab ich die verlockend, aber äußerst gefährliche Klettertour bald auf und ließ Ture alleine weiterziehen. Zudem lag mir vielmehr daran, ein paar aufklärende Worte mit Justin zu wechseln. Wir hörten Ture außer Atem keuchend und fluchend an

Höhe gewinnen. Doch seine Stimme wurde mit jedem Höhenmeter den er gewann, leiser und verklang allmählich. Justin legte dandyhaft seinen Arm um mich und raunte mir ins Ohr: „Endlich habe ich dich mal wieder ein paar Minuten für mich, Sonne meines Lebens. Du machst dich rar Schätzchen. Wann werden wir uns wieder ungestört vereinen können?"

„Ach Justin, du weist doch das es für uns keine Zukunft geben kann!"

„Doch das kann es, wenn du nur bereit bist," widersprach er leidenschaftlich.

Ein lauter Ruf aus der Höhe, durchbrach unser Geplänkel. Bald darauf sahen wir Ture in aller Hast, sich abwärts bewegen. Noch bevor er sicheren Stand unter den Füßen erreichte, stieß er aufgeregt hervor: „Bei allen Göttern.

Ich sah wahrhaftig eine zahllose Horde Männer, nein eher ein ganzes Heer ohne Ende. Sie stürmen geradewegs auf uns zu: „MÄNNER, unverzüglich an die Waffen!" Brüllte er aus Leibeskräften in Richtung des Camps.

Doch nur wenige seiner Männer hörten ihn, zu der frühen Stunde. So begann er zu rennen. In größter Panik, schrie er und drehte sich wie ein Irrer im Kreis.

„So macht doch etwas, schlagt Alarm, hämmert die Sturmtrommeln, blast die Lure!"

„KERLE - an die WAFFEN..."

„Rührt euch, sonst hat unser letztes Stündlein geschlagen!" Hallten seine Befehle über den Platz.

Nach und nach, stürmten die Männer verwirrt aus ihren Zelten und brachten sich mit Lanzen und Speeren bewaffnet in Stellung, ohne den Grund ihres plötzlichen Aufmarsches zu wissen. Ein unbehagliches Murren erfüllte den Platz.

„Ich werde mit euch kämpfen," meldete sich Justin, aufgeregt zu Wort. „Ich habe eine zerstörende Wunderwaffe, damit werden wir sie vernichtend schlagen", fügte er bestimmt hinzu und lief auch schon los, um sein MG zu holen.

Von einem abwertenden Kopfschütteln des Hauptmannes bedacht, entschwand er unseren Blicken.

„Nun gut, so soll er sein läppisches Spielzeug vorführen. Wir können jeden Mann gebrauchen".

„Frauen und Kinder, begebt euch umgehend in die Gruben, für den Notfall - ihr wisst ja wo sie sind. Und ihr Bengels, bedeckt sie mit Steinplatten und Binsen. Dann versteckt ihr euch im Schilf", befahl er den Halbwüchsigen, die vor Spannung bebten.

„Oh - je, wenn das nicht unser Ende ist", jammerte er, verzweifelt sich die Haare raufend.

Auch ich habe mir mein Ende anders vorgestellt, dachte ich beklommen.

„Nun wird es Ernst", rief er aus, als sein Blick mich erfasste. „Und du? Was stehst du noch hier herum? Scher dich gefälligst zu den Weibern!"

„Nein - das werde ich gewiss nicht tun", widersprach ich.

„Auch ich werde mit euch kämpfen," ereiferte ich mich.
Denn ich sah Justin mit zwei MG. sich nähern.
Wortlos gab er mir, wie selbstverständlich, die zweite
Waffe und zog mich mit sich.
„Wir werden vom Turm feuern und sie mit unseren
Zauberwaffen bezwingen," erklärte er kurzerhand.

Es war keine Zeit, für weitere Erklärungen zu verlieren.
Mit den Gewehren an den Leib gepresst, stürmten wir
keuchend die hundert Stufen hinauf, von den

verständnislosen Blicken der Krieger gefolgt.

Endlich Oben angekommen, sahen wir das erschreckende Ausmaß der mordrünstigen Horde, mit Lanzen und blitzenden Schwertern auf Rössern, unaufhaltsam, uns entgegen stürmen.

Bei Gott, sie hatten uns im Visier. Als sie eine gewisse Nähe erreichten, legten wir an und begannen zu feuern.

Sie fielen wie lästige Fliegen. Einer nach dem anderen, säumten den Weg. Das zweite Bataillon rückte nach.

Doch auch sie hatten keine Chance gegen die Salven des Maschinengewehrfeuers, das Fort zu erreichen.

Es donnerte und krachte fürchterlich, bis ein unglaublicher Haufen von Leichen, den Weg säumten.

-SIE oder WIR-. Mitleidlos feuerten und töteten wir.

Ein Leben gegen ein anderes. Ihr Leben gegen unseres.

Denn - Sie waren es, die uns angegriffen und vernichten wollten.

Dieser Anblick hätte mich erdrücken müssen. Doch er ließ mich kalt, wenn ich auch unkontrolliert zu zittern begann und der grässliche Anblick mich lähmte.

Während ein Jubelschrei aus 90 Kehlen, wie ein Chor aus der Tiefe erklang.

Der Sieg ist unser, wir haben sie besiegt und geschlagen.

Es waren nur wenige, die den Beschuss überlebt hatten.

Kaum, dass ein Speer sie von unten erreicht hatte, frohlockten unsere Krieger, als hätten allein Sie den Sieg errungen. Sie warfen sich heldenhaft in die Brust.

Übermütiges Gegröle, Umarmungen und schulterklopfen.
Der Freudentaumel nahm kein Ende.

Dazwischen erhob sich eine donnernde Stimme:

„Ergebt euch, ihr Hunde!"

„Nehmt dieses Satansgeschmeis gefangen, Männer.
Sie werden uns fortan als Sklaven dienen", bellte der
Hauptmann und drangsalierte die Überlebenden mit seiner
Lanze.

„Befreit nun die Weiber aus ihrer üblen Lage, auf das sie
uns einen Festschmaus bereiten!"

So oder so ähnlich, mag sich der Siegestaumel im Lager
abgespielt haben.

Wir indes, hatten keine Eile, unser stilles Plätzchen, hoch
oben, unter den Wolken zu verlassen.

Plötzlich klickte es in meinem Kopf. Ich starrte auf meinen
Komplizen, der sich teuflisch, grinsend über die Brüstung
lehnte. Ein ungeheuerlicher Gedanke, machte sich Luft.

„Oh Justin, du hattest die ganze Zeit über, schon die
Waffen in deinem Besitz?" Fragte ich fassungslos.

„Du - du gemeiner Verräter, du Judas. Ich könnte dich jetzt
erschießen und damit die Welt von einem üblen Monster
befreien!" Fauchte ich außer mir, vor Zorn und
Enttäuschung.

„Sachte - sachte, worüber regst du dich denn so auf, alles
ist doch bestens gelaufen!"

„Stell dich nicht dümmer, als du bist. Wir hätten längst die
ganze üble Bande vernichten können und wären frei,"

ereiferte ich mich.

„Aber ich bin doch frei und was dich betrifft, so wird unsere Zeit kommen. Eines Tages werden wir die einzigen Überlebenden sein, so habe Geduld. Zudem besitze ich nur diese beiden Waffen. Wie sollten wir mit zwei Gewehren, einen ganzen Stamm auslöschen! Glaubst du, sie würden sich nicht wehren? Es würde mir übel bekommen!"

„Du redest daher, wie es dir passt. Haben wir nicht soeben eine ganze Armee ausgelöscht? Wir bräuchten nur einen gewissen Überraschungsmoment wählen, an dem sie alle beisammen sind, wie eben jetzt und nicht mit einem Beschuss rechnen. Nun, was ist? Verlässt dich dein Mut? Aber du gefällst dir besser in deiner Rolle, als hochgeachteter Übermensch!"

„Du bist ein gefährliches Luder, sobald du eine Waffe in der Hand hältst. Gib sie mir, bevor du Unheil damit anrichtest," brummte er und entriss mir das Gewehr. „Glaubst du, ich werde freiwillig auf meinen großen Triumpf verzichten?"

Sich feiern lassen, Ruhm und Ehre - Generationen weiter auf ewig in den Legenden weiterleben, war es, was seiner Eitelkeit schmeichelte und er anstrebte. Obgleich ihm an Alkoholexzessen und öffentlichen Orgien nicht gelegen war. Ihm lag mehr an einem versteckten Plätzchen, um die Liebe im Verborgenen, genießen zu können.

„Nein gewiss wirst du nicht darauf verzichten. Mir jedoch steht nicht der Sinn nach einem Saufgelage mit anschließenden Orgien! Angesichts der Tatsache, dass eine Frau hier, nur als Lustobjekt dient, ziehe ich es vor, noch eine Weile dem Trubel von hier oben zuzusehen."
„Sei kein Spielverderber, du weist nicht, was du versäumst," grinste Justin, bevor er sich an den Abstieg machte. Nicht ohne einen letzten bedauernden Blick auf mich zu werfen, fügte er schulterzuckend hinzu:
„Es tut mir ja fürchterlich leid, dich zu verlassen, aber sie warten auf mich - den Helden des Tages!"

Unschlüssig zunächst, verharrte ich noch eine Weile in windiger Höhe und verfolgte das Treiben, unten im Lager.
Doch bald begann ich mich zu langweilen.
Ich wusste, Ture würde mich nicht unter den geilen, aufgeheizten Männern - ihren anzüglichen Blicken, dulden.
Sein Heiligtum, gehörte nicht zwischen eine rüde Bande.
Sie durfte nur aus gewisser Entfernung bewundert werden.
Warum aber soll ich einsam die Nacht verbringen.
Heute Nacht ist meine Chance. Heute Nacht wird es nicht auffallen, wenn ich in dem Trubel, meinen Liebsten aufsuche.
Ich musste mich gedulden, musste warten, bis das Tageslicht erloschen und das wilde Treiben, seinen Höhepunkt erreicht.

Kap. 12: Die Liebeslaube

Auf Justins Anraten und zupackender Hilfe, in seinem
unerschöpflichen Tatendrang, prangten mittlerweile
etliche Hütten, in der üblichen Bauweise jener Zeit,
zwischen den mürben wetterunbeständigen Zelten, welche
einstmals in aller Eile, notdürftig aus Tierhäuten
zusammengeflickt waren und kaum noch Schutz vor Sturm,
Regen und Frost boten.
Eine Hütte jedoch unterschied sich wesentlich von den
anderen. Ich erkannte die perfekte liebevolle Bauart.
Denn sie war, neben Justins Behausung, die Einzige,
die auch richtige Fenster und einen Schornstein besaß.
Ich wusste um den Bewohner dieses behaglichen
Häuschens.
Ich betrachtete es oft sehnsuchtsvoll im Vorübergehen.
Hier sollte ich sein - darin sollte ich leben - bei ihm.
Mit ihm die Sonnenuntergänge erleben und die Nächte
verbringen. Doch mir blieb nur ein verstohlener Blick und
die ewige Hoffnung auf ein Wunder. Eines Tages würde es
mir gelingen.
Schon lange schmiedete ich Pläne - Tagträume und
verschob sie wieder. Der richtige Moment musste passen.
Nun war der richtige Moment gekommen.
Zielstrebig stapfte ich durch das dunkle Camp. Lachen und
Gegröle erfüllte die Nacht.

Oh, welch ein überwältigender Moment, als ich die Tür öffnete und ihn erblickte. Ich sah seine strahlenden Augen, die sich ungläubig, staunend in meine bohrten, mein Herz erreichten und zum Glühen brachten.

Augen wie tiefe Seen, die das Schicksal noch nicht gebrochen, die ihren Glanz noch nicht verloren hatten. Welch ein unbeschreibliches Glücksgefühl, als seine Arme sich ausbreiteten und mich an sein Herz zogen.

Ein tiefes, erlösendes Ein - und Ausatmen. Ein Aufseufzen, einem Jubelschrei gleich, entrann sich unserer Kehlen. Nein, wir waren nicht gebrochen!

So verweilten wir endlos, die Zeit stand still. In einem Rausch des Glücks gefangen, einer der seltenen Momente im Leben - der echten Freude.

Keines weiteren Wortes fähig, umschlossen von prickelnder Sinnlichkeit. Kein Wort wäre jetzt groß genug, unser Glück auszudrücken. Ich sah nur seine Augen, die es nur einmal gab, spürte seine Hände mich streicheln.

Ich erbebte, versank und schwebte auf Wolken in den Himmel. Verschlungen ineinander zu einem Körper - zu einem Leib waren wir wieder Eins.

Es hätte so viel zu bereden gegeben, so viel offene Fragen. Doch jedes überflüssige Wort würde den Zauber des Augenblickes zerstören.

Als die Nacht sich neigte und der Morgen graute, fanden wir uns in köstlicher Ermattung, das Herz des anderen klopfen, das Blut rauschen hörend, in inniger Umarmung.

Im Liebestaumel, zärtliche Koseworte flüsternd, doch noch lange nicht gesättigt, Erotik pur.

Die Nacht verlor die Schatten. Ein grausamer Moment des Erwachens.

„Geh Liebste, er wird uns töten, wenn er uns zusammen sieht," beschwor mich mein Liebster eindringlich.

„So soll er uns töten, in deinen Armen möchte ich sterben!"

„Ja wir werden zusammen diese unerträgliche Ewigkeit verlassen, aber nicht durch die Hand dieses Menschenschinders und wer sagt denn, dass er uns beide töten würde und was dich dann erwartet? So gehe, ehe es zu spät ist," drängte er unerbittlich und half mir mit bebenden Fingern in mein Gewand.

Ein letzter inniger Blick, voller Qual, folgte mir.

Die Sonne schickte ihre ersten goldenen Strahlen.

Ihr feuriger Schein blendete mich, sodass ich die Gestalt, die sich aus dem Morgennebel löste, zunächst nicht erkannte. Ture würde vermutlich noch im tiefsten Alkoholrausch, bei seinen Lieblingshuren liegen, dachte ich, während ich meine Schritte beschleunigte, um ungesehen, unser Haus zu erreichen.

Gedämpftes Lachen und Stimmengwirr drang aus dem großen Festzelt, in den erwachenden Morgen.

Einige unerschöpflich, hartnäckige Zecher, die kein Ende finden konnten. Mir war längst klar, dass nicht nur ein Übermaß an Alkohol, sondern vielmehr diverse

Rauschmittel sie beflügelten und als Aufputschmittel für ihre Ausschweifungen und ausgefallene Stimmung verantwortlich waren, während sie ihre nächtlichen Zusammenkünfte und Rituale zelebrierten.

Vorzugsweise aus gewissen Pilzen und fragwürdigen Pflanzen, zusammengebraut, für einen halluzigenen Rausch sorgten und die Runde machen.

Ich raffte meine Röcke und begann zu laufen.

Doch ich war zu spät. Im Näherkommen, erkannte ich Ihn - Ture. Wutschnaubend, furchteinflößend, stürzte er auf mich zu und packte mich brutal an den Haaren.

„Bei wem warst du - wer war es?"

Brüllte er in höchstem Zorn.

„Find es doch selber heraus!" Entgegnete ich kokett.

So sollte er niemals herausfinden, mit wem ich in wilder Lust das Lager geteilt. Denn auch Justin hatte sich zeitig zurückgezogen, und sich somit verdächtig gemacht.

Ihm lag nicht viel an Alkoholexzessen.

Ich wand mich unter dem schmerzhaften Griff und fauchte spöttisch: „Schlag mich tot, ehrloser Banause, so weis ein jeder, wie nötig ich einen richtigen Liebhaber hatte!"

Der erste Schlag traf mich unvorbereitet, der zweite warf mich um und der dritte schickte mich ins Land der Träume.

Benommen erwachte ich in der Dämmerung unserer Behausung.

Einem inneren Impuls folgend, schäumend vor Wut, drängte es mich sogleich aufzuspringen. Doch ich fand mich gebunden - gefesselt an einem Stützpfosten, neben meinem Lager. Panisch wandte ich mich und schrie aus Leibeskräften, sämtliche Schimpfworte, die mir in den Sinn kamen, heraus.

So weckte ich den Alten aus seiner Apathie. Der in einem lichten Moment zu mir eilte und sichtlich erschrocken meinen desolaten Zustand erkannte.

„Oh - Der, dieser unverbesserliche Rüpel, der niemals Vernunft annehmen will. Er hat euch übel mitgespielt, wie ich an euren scheußlichen Blutergüssen erkennen kann. Armes, kleines, bedauernswertes Mädel! Jetzt ist das Maß aber voll, er hat den Bogen überspannt, dem Kerl gebührt eine heilsame Abschreckung", wütete er händeringend.

„Aber ich kann euch nicht befreien, wenn ihr das von mir erwartet." Fügte er bedauernd hinzu.

Sprach er die Worte wirklich aus? Nein, nur sinngemäß.

„Das ist mir schon klar", betonte ich, "so braue er mir einen Trank- einen Trank der mich betäubt und vergessen macht! Der Schinder soll glauben, ich wäre - also er möge mich vor Kummer und Gram, elend - leidend im Fieber - krank in diese Lage gebracht haben. Wenn du verstehst - was ich meine. Geh nun und mische mir eine solche Mixtur, heute - morgen und solange es nötig ist."

„Ich weis dass du es kannst. Nun eile dich und erlöse mich von der quälenden Wirklichkeit!"

Meine Befürchtung, er könnte schon auf dem Weg in seine Hexenküche alles wieder vergessen haben, bewahrheitete sich zum Glück nicht.

Gierig schluckte ich das bittere Gebräu und versank alsbald ins Nichts.

Ich weis nicht wie lange ich mich in diesem Trancezustand befand. In kurzen, wachen Momenten, sah ich verschwommen - Ture gramgebeugt, vor meinem Lager hocken. Was hat er nur? Ein anderes Mal hörte ich hitzige Wortgefechte, wie aus weiter Ferne. Doch das berührte mich nicht. Ich wollte schlafen, nur schlafen.

Ein Film lief im Fernseher - viel zu laut.

„Du wagst es hierherzukommen, in mein Haus? Du - du gemeiner Betrüger!"

„Was tönst du so hochgeschraubt. Mal unter uns, vor mir brauchst du dich nicht aufblasen. Ich habe dich nie als großen Strategen gesehen. Für mich bist du nur ein niederträchtiger Verbrecher, unmoralisch und verkommen. Ich hingegen, bin dennoch versucht, friedfertig mit dir auszukommen!"

Tore schnappte erbost nach Luft - bevor er seiner Empörung Luft machen konnte, änderte Justin das Thema und lenkte beschwichtigend ein.

„Seid ihr mit meiner Arbeit nicht zufrieden? So werde ich gehen," fügte er hinzu, während er versuchte, einen Blick in das Hausinnere zu werfen.

„Nun ja, was das betrifft, so habe ich nichts zu

beanstanden. Aber in mein Haus kannst du nicht, ich muss dir leider den Zutritt verwehren! Was willst du hier?"

„Ich sehe mich in der Pflicht, der Todgeweihten, meine Aufwartung zu machen und die letzte Ehre zu erweisen! Im Lager wird gemunkelt, unsere Schöne haucht ihr Leben aus, es geht mit ihr zu Ende. Ihr habt sie also zu Grunde gerichtet - Sie zu Tode gequält, ehrloser Barbar. Ein Killer aus Berufung der ihr seid!"

„Was faselt er daher, Dummschwätzer, gequält habe ich sie niemals. Zudem lasse ich ihr die beste Pflege angedeihen!" Rechtfertigte er sich.

„So, so, wer pflegt sie denn? Etwa euer dementer, hirnloser Schamane, oder gar eine der leichtfertigen, unwissenden Huren? Sie benötigt einen kompetenten Heiler, den besten den es gibt und was macht ihr? Ihr lasst Sie dahinsiechen und Ihr blühendes Leben verrinnen, verdorren wie eine gebrochene Blume!" Donnerte Justin und drängte sich an dem Verdatterten, vorbei ins Haus.

Seine Augen mussten sich erst an das Schummerlicht gewöhnen, bevor er sie sehen konnte.

Oh wie zart, zerbrechlich, wehrlos und verwundbar, diesem Monster ausgeliefert. Wie sie so dalag, mehr Tod als Lebendig.

„Carla - Schätzchen, wach doch auf, ich bin es. Hörst du mich nicht?"

„Ich habe dir noch so viel zu sagen, was du wissen musst.

Komm auf unsere Insel, du weist schon wo", flüsterte er dicht an mein Ohr.

Ich kannte diese Stimme, aber meinem Liebsten gehört Sie nicht. Sie störte mich nur in meinen Träumen. Doch was war es, was er mir zu sagen hatte? Ich muss es wissen.

Holt mich aus dem Dunkel, ihr Geister, denn ich erreiche nicht das Licht.

Warum liege ich hier herum. Ich möchte viel lieber laufen, durch eine blühende Wiese mit meinem Liebsten.

Die Sonne und bunte Schmetterlinge sehen, Vögel zwitschern hören, den Wind in den Haaren spüren.

Leben – wieder Leben.

Ich richtete mich auf. Ein Schwindel betäubte meine Sinne. Was ging hier vor? Wie durch einen Schleier, sah ich zwei Gestalten sich rangeln, wie in einem Kampf.

Benebelt hörte ich, die in höchsten Zorn ausgesprochenen Worte: „Was erdreistest du dich, Sie in ihrer Ruhe zu stören! Verschwinde du Hundsfott oder du wirst meinen Dolch zu spüren bekommen!" Worauf ein hässliches Gepolter folgte und die Stimmen sich entfernten.

Das war es, was mein Unterbewusstsein mir als einen Western im Fernsehen vorgaukelte.

Ich riss die Augen auf, doch ich war schon wieder allein. Benommen tastete ich mich an der Wand entlang, in den hinteren Bereich des Hauses, dorthin, wo ich den alten Weisen vermutete. Er war zwar alt, doch gewiss nicht mehr weise. Denn ich fand ihn wie erwartet, im

Dämmerzustand an und rüttelte Ihn wach.

„Bist du es, der mich permanent unter Drogen setzt - die mich benebeln?"

„Wie - was, habt ihr es mir nicht selbst aufgetragen?"

„Bah - welch ein Unsinn in deinem verwirrten Hirn vorgeht. Mit Sicherheit hast du mir täglich die dreifache Überdosis Schlafmohn verabreicht."

„Erlös mich auf der Stelle von diesem Nebel in meinem Kopf und dröhne mich mit keinem Rauschmittel mehr voll, bevor ich gänzlich verblöde. Dann kannst du weiter den Tag verdösen. Doch sag mir noch. Wie lange habe ich in diesem Zustand gelegen und wer hat mich indessen umsorgt und mit allem Nötigen verpflegt?"

Auf eine Antwort wartete ich vergebens.

Sein Blick war leer. Er glotzte mich verständnislos an, als würde er mich nicht mehr kennen.

Nun, so musste ich mich selbst aus dem Nebel befreien. Ich muss auf der Hut sein, dachte ich, bevor mich wieder eine bleierne Müdigkeit übermannte und ich die Decke, den Mantel des Vergessens - der Betäubung über mich zog. Doch ich hatte nicht vergessen, was sich am Vortag abgespielt hatte. Wenn es auch nur ein wirrer Wust von Bildern und Stimmen war, so konnte ich mir einen Reim daraus machen.

Mein Kopf dröhnte, wie nach einem Kater. In meinen Gedärmen rumorte es. Mein Körper verlangte nach der Droge. Vermutlich hatten Niere und Leber schon von dem

Gift, Schaden genommen.

Nun, Zinnkraut und wilde Artischocke, wuchsen zur Genüge. Es fiel mir nicht leicht, meine Gedanken zu ordnen. Entschlossen pellte ich mich aus den Decken und setzte zaghaft einen Schritt, vor den anderen.

Ich ging wie auf Watte. Der Schwindel war einer
Ernüchterung gewichen. Welche Tageszeit auch sein
mochte, ob Morgens oder Mittags, egal, es zog mich
unwiderstehlich aus dem düsteren Haus, in die Sonne,
die ich nur vermuten konnte - hinaus ins Leben.
Ich lauschte in die Stille. Nichts rührte sich, Ture war
ausgeflogen.
In aller Hast, kramte ich ein paar Kleidungsstücke
zusammen. Auch nach Jahren in diesem Gefängnis, sah ich
mich noch als unfreiwilligen Gast.
Ich fühlte mich schmutzig. Im See würde ich ein
erfrischendes Bad nehmen, alles Unreine und meine
benebelten Sinne frei bekommen.
Die lästigen Wachen jedoch, die mich hinter der Tür
empfingen und mich keinen Schritt alleine gehen ließen,
würden dieses Vergnügen zu verhindern wissen.
Verzagt steckte ich meinen Kopf durch die Tür.
Doch oh Wunder- fand sich keine Menschenseele vor dem
Haus. Ich war allein, konnte gehen, wohin es mich trieb.

Ich begann zu laufen. Frei - zum ersten Mal frei.
Ein Jubelschrei entrang sich meiner Kehle, als ich die
Sümpfe vor dem See ansteuerte. Den schmalen sicheren
Pfad, den nur Justin, der Alte und ich, durch das Moor
kannten, überwindend, erreichte ich, den in der Sonne

glitzernden See. Oh, welche Wohltat. Alle Pein, Trübsal, Taumel und Unterdrückung fortspülen zu können.

Das kalte Wasser belebte mich. Ich schwamm prustend ein paar kräftige Züge, bevor ich mich bibbernd vor Kälte dem Ufer näherte und der wärmenden Sonne überließ.

Erst jetzt richtete sich mein Augenmerk auf den unübersehbaren Turm, der mittlerweile bis in die Wolken ragte. Er war ein gutes Stück gewachsen. Hatte ich nicht erst vor wenigen Tagen dort oben gestanden und… Unmöglich, es muss eine längere Zeit seitdem vergangen sein.

Ich schirmte meine Augen gegen die gleißende Sonne ab. Winkte dort in der Höhe, zwischen den flatternden Fahnen nicht eine bekannte Gestalt, heftig mit den Armen fuchtelnd? Doch im nächsten Augenblick war sie verschwunden, um wenig später, zwischen Schilf und Binsen wiederaufzutauchen und mit langen Schritten und dem bekannten Grinsen, mir entgegenzueilen. Freudestrahlend schloss er mich in die Arme.

„Oh Carla - Schätzchen. Du bist also von den Toten wieder auferstanden. Hast mich erhört!"

„Ich konnte nicht anders. Ich war zu neugierig, was du mir so wichtiges zu erzählen hast!"

„Oh je - du bist mager geworden, fast durchsichtig," redete er weiter und wiegte den Kopf.

„Ach, ich betrachte die paar Kilo Untergewicht nicht als unangenehm oder gar als besorgniserregend", lachte ich.

„Doch nun komm gleich auf den Punkt, berichte mir alles, was seit diesem verhängnisvollen Tag geschehen ist. Meine Zeit ist knapp!"

„Ach du kannst dir nicht vorstellen, was sich danach abspielte. Der Hauptmann rastete völlig aus, tobte und gebärdete sich fürchterlich. Köpfe mussten rollen. Ja zuerst mussten die armen Wachen dran glauben, die ja eigentlich bis auf weiteres, abkommandiert waren.

Wie ein Wahnsinniger zerstörte und vernichtete er darauf in wilder Wut die kostbare Arzneien Sammlung, Wundsalben, Tinkturen und sämtliche Phiolen des Doktors, deines Gatten und beförderte ihn selbst umgehend in den Kerker, bis das Todesurteil vollstreckt würde."

„Selbst mir drohte er mit Knast und Folter!" Grinste er.

„Oh mein Gott, so lebt er gar nicht mehr, mein Liebster!" Hauchte ich erschüttert.

Die Sonne erlosch. Ich glaubte, im Boden zu versinken. Unbeeindruckt fuhr Justin fort: „Doch - doch, seine getreuen Schergen, die ja alle von dem Dok profitierten, konnten schlimmeres verhindern".

„Was glaubt ihr wer jetzt seinen Job machen wird?"

„Hat er euch nicht auch vor dem Lungentod bewahrt?" Redete auch ich ihm ins Gewissen.

„Ebenso die Abordnung der Weiber, die sich als Schutz und Beistand eurer annahmen.

Man sollte nicht glauben, was eine Schar wild entschlossener Weiber für eine Macht entwickeln kann."

„Der Hauptmann hatte sich um den Verstand gesoffen, war nur noch eine Hülle seiner Selbst. Der Kampf um seine Nachfolge, der nun begann, war schrecklich.
Die Idioten brachten sich gegenseitig um."
„Ein Haufen machthungriger Rebellen, ohne Disziplin. Sie wirkten auf mich, wie eine skrupellose - militante Rockerbande. Ihre chromblitzenden Maschinen, waren ihre herausgeputzten Rösser, behängt mit glitzernden Schwertern. Prahlerische Angeber. Listig und niederträchtig, besonders die Ranghöchsten - stets ein Quäntchen Mordlust in den Augen blitzend.
„Keiner achtete mehr auf mich, den unbeteiligten, friedlichen Zeitgenossen. Das eröffnete mir die Gelegenheit, unser Tal am Berge aufzusuchen.
Meine Waffensammlung lockte mich schon lange.
Denn ich besitze nicht nur Silvesterraketen," fügte er vielsagend hinzu.
„Oh - wie interessant. Da wäre ich gern dabei gewesen. Wie sieht es dort aus? Doch davon kannst du mir später berichten, nun komm zum Schluss, ich habe nicht viel Zeit. Du hast also das Lager beschossen!"
„Nein, dazu kam es nicht mehr. Es hätte mich mehr Zeit gekostet, als gedacht. Denn der Hauptmann hatte sich indessen wieder gefasst, die Macht und Gewalt mit eiserner Stenge und Härte wieder übernommen.
Dich jedoch hat keiner mehr gesehen.
Im Camp munkelte man zunächst, er hätte dich in seinem

177

Wahn getötet! Aber einige der alten Weiber berichteten, hinter dem Mantel der Verschwiegenheit, über deinen bedenklichen Zustand. Sie waren es auch, die dich nach Kräften aufopfernd pflegten und versorgten."

„Oh – je, so bin ich Ihnen sehr zu Dank verpflichtet, ich werde es ihnen vergelten." Warf ich ein.

„Ich werde mich verstärkt für die Rechte der Frauen einsetzen, als ihre Patronin. Sie sollten die Möglichkeit einer Heirat bekommen. Jedes Neugeborene sollte einen rechtlichen Vater haben. Selbst wenn ich nicht viel erreiche, ist das doch schon mal ein guter Schritt. Doch sag mir noch, was ist aus meinem Gatten geworden? Was hat man ihm angetan?"

„Nun, ich konnte seine Exekution verhindern und ihm Schlimmeres ersparen. Er ist ja ein Stehaufmännchen wie du und ich. Er wirkt bereits wieder unermüdlich, als angesehener Heiler."

„Nun ja, besonders die Frauen haben unmögliches dazu beigetragen. Sie haben gewütet und gezetert, wie die Racheengel."

„Dann ist ja wieder alles im Reinen", bemerkte ich beruhigt. „Ich muss jetzt leider wieder gehen, bevor… Hab Dank mein Freund!" Fügte ich hinzu und eilte, mit einem letzten Kopfnicken, davon.

Zu meinem Glück, fand ich das Haus vor, wie ich es verlassen hatte. In aller Eile entledigte ich mich meiner Kleidung.

Zu viel war es, was ich nun zu verdauen hatte.

Mir schwirrte der Kopf. Total erschöpft, verkroch ich mich zwischen den Decken und sank augenblicklich in einen gnädigen Schlummer.

So fand mich Ture unverändert, ohne etwas von meinem heimlichen Ausflug zu ahnen. Als ich erfrischt erwachte, war er schon wieder fort.

So kann es nicht weitergehen. Es behagte mir nicht, dieses unwürdige Spiel noch weiter fortzuführen.

Morgen sollte er das Wunder meiner Genesung erleben und mich munter vorfinden. Doch nichts würde sich ändern, war mir klar.

Was ich jedoch zu diesem Zeitpunkt nicht wusste.

Kaum hatte ich Justin den Rücken gekehrt, erhielt er einen unerwarteten Besucher. Ture war es, in seiner steten Unrast und Unzufriedenheit, der ihn aufsuchte.

Ein nie gekanntes Phänomen, eine Situation die ihn überforderte, ihn erdrückend und allgegenwärtig verfolgte.

Um keine unangenehme Verlegenheit aufkommen zu lassen, begrüßte Justin ihn Kumpelhaft und lenkte das Thema sogleich in eine unverfängliche Richtung.

„Wie ihr seht, strebt mein Werk dem Ende entgegen. Noch ein paar Steine als Geländer und ihr werdet dort oben viele Fahnen im Wind flattern sehen. Was habt ihr mir als Lohn zugedacht?"

„Euer Lohn ist - dass ich euch am Leben lasse!" Brummte der Angesprochene mürrisch.

„Was sagt ihr da? Ihr beliebt wohl zu scherzen, Witzbold," polterte Justin verärgert.

„Nun ja, von meinen irdischen Gütern und Besitztümern ist dir ja nichts recht, Anspruchsvoll wie du bist!"

„Oh ich wüsste schon, was aus eurem Haus mir genügen würde," entgegnete Justin.

„Ich verstehe. Aber schlag dir das aus dem Kopf. Vergiss es, sie wird niemals einem anderen gehören, als mir!"

„Aber sie gehört euch doch gar nicht. Habt ihr vergessen, dass sie bereits vermählt ist? Eine schwere Sünde, die ihr begeht. Die Götter werden euch strafen!"

„Bah, scheinbar stört es die Götter nicht im Geringsten. Sie zürnen mir nicht, sie haben Besseres zu tun!"

„Das sehe ich anders. Du leidest doch Höllenqualen. Sie macht dich krank, treibt dich in den Wahnsinn. Dein Magen schmerzt. Du kannst nicht mehr essen, dich an nichts mehr erfreuen. Warum tust du dir das an? Weis Gott, du bist ein Rohling und hast es nicht anders verdient."

„Woher weißt du das alles? Kannst du am Ende auch noch Gedanken lesen? Ihr seid schon ein merkwürdiges Menschengemisch, wie Halbgötter, ihr drei aus dem Tal am Berge," runzelte er grimmig die Stirn und maß sein Gegenüber mit düsteren Blicken. Worauf er sich grußlos entfernte, von Zweifeln gepeinigt.

So soll sie mich zu Grunde richten. Ach, wenn sie nur Leben wird und bei mir ist.

Die Tragik seines Schicksals, wie er es sah, ließ ihn in Selbstmitleid versinken.

Den Rest des Tages, bis in den Abend wachte er an ihrem Bett. Er lauschte auf ihre Atemzüge und strich ihr über die Wangen. Ihm schien, als wären sie rosig erhitzt und nicht mehr fahl und kalt. Sie regte sich bei seiner Berührung und murmelte unverständliche Worte.

Fieber - ein böses Fieber wird sie dahinraffen und sie mir nehmen. Ist das nun das Ende - die Strafe der Götter für meinen sündigen Übermut?

Sorgenvoll kroch er zu ihr unter die Decke, um sie zu halten. In seinen Armen sollte sie ihren letzten Atemzug aushauchen. Worüber er einschlief und im Morgenlicht von einem ungewohnten Geräusch erwachte.

Erst glaubte er zu träumen und riss die Augen auf.

„Du liegst wach neben mir am hellen Tage?

Warum schaust du mich so an wie eine Erscheinung, was ist los mit dir? Wieso bist du nicht bei eurem Morgenapell, auf dem Exerzierplatz, wie jeden Morgen?"

„Oh - je, ich sterbe vor Kohldampf. Lässt man mich hier verhungern?"

„Was mit mir los ist, fragt sie mich - sie die Todgeweihte, meine Göttin ist zum Leben erwacht!" Jubelte er und riss mich ungestüm in seine Arme.

„Alter trag auf, bring uns ein ganzes gebratenes Schwein", brüllte er befehlend in den Raum. „Wo ist er, der Faulpelz, nie ist er zur Stelle, wenn man ihn braucht!" Brummte er und entstieg nun selbst dem warmen Lager, um sich eigenhändig im Küchentrakt zu bedienen. Irgendeinen Braten würde er schon auftreiben.

Doch das ewige Feuer war erloschen.

Der alte Weise, sein Onkel, der sich einst liebevoll seiner angenommen hatte, lag kalt und steif auf seinem Lager, neben der Feuerstelle. Er hatte den langen Weg zu seinen Ahnen angetreten. Nachdem er ein halbes Leben, vergeblich versucht hatte, seinem störrischen Mündel, Recht von Unrecht unterscheiden zu lehren.

Undank war sein Leben.

Justin hätte längst wieder in das Tal am Berge, zu seiner Tochter umsiedeln können. Was er auch zwangsläufig, ein paar Jahre später tun würde. Zunächst jedoch sonnte er sich in hohem Ruhm und Anerkennung, worauf er nicht verzichten wollte.

Auf seinen heimlichen Exkursionen durch das Zeitentor in die neue Zeit, welches längst wieder zugänglich war, hatte er auf seinem Rückweg, ungeahnte Schwierigkeiten, den genauen Zeitpunkt, also seine alte Zeit wieder zu erreichen.

Denn zu seinem Entsetzen, traf er bei seiner Rückkehr auf ein verwüstetes Lager. Es existierte ja noch keine Zeitrechnung - keine Jahreszahl nach der er sich richten konnte.

Das Camp war verlassen und verödet. Nur die von ihm erbaute Festung mit dem hohen Turm ragte, grotesk erscheinend, in den Himmel. Die Wohnzelte und Hütten waren niedergebrannt. Die beiden Langhäuser waren wie von Kanonenkugeln zerstört. Was war hier geschehen, sollte er selbst, sie in einer späteren Zeit bombardiert haben? Wieviel Zeit ist seitdem vergangen?

Ratlos stand er vor den Trümmern.

Er startete mehrere Versuche, seine Zeit wiederzufinden. Doch stets fand er das Lager verlassen vor. Seine größte

Sorge jedoch galt Ihr. Er musste Sie wiederfinden.
Er wollte und konnte nicht aufgeben, sich nicht abfinden.
An dem Wuchs der Bäume, schätzte und berechnete er
eine Zeitspanne von höchstens vier Jahren. So fand er
schließlich und endlich den tatsächlichen Zeitpunkt,
vier Jahre früher - und konnte nach verzweifeltem
Herumirren in den Zeiten, endlich wieder in die, seine
richtige Zeit eintauchen.
In den Wirren, dem Kampf um die Macht des neuen
Führers, vermisste ihn Keiner. So fiel seine lange
Abwesenheit kaum einem auf.
Er war happy, sie wiederzusehen. Doch von seinem Trip
durch das unversehrte Zeitentor in die neue Zeit, ließ er sie
wohlweislich im Ungewissen. Wozu schlafende Hunde
wecken.
Im Lager indes, verbreitete sich die Nachricht vom Ableben
des gewissenhaften, stets allen freundlich gesonnenen,
weisen Ehrenmannes - wie ein Lauffeuer.
Das Camp erlebte die größte Trauerzeremonie, die jemals
stattgefunden hatte. Gramgebeugt und sichtlich reumütig,
verfolgte Ture neben mir die Zeremonie.
Als der Leichnam den Flammen übergeben wurde, entrang
sich ihm ein tierischer Laut. Doch die Reue kam zu spät.
Das gesamte Camp war zugegen um dem Alten die letzte
Ehre zu erweisen. So auch mein Liebster, den ich mit
klopfendem Herzen, unter all den Anwesenden ausmachte.
Er war da, doch unerreichbar für mich.

Die unstillbare Sehnsucht nach ihm war schier
unerträglich. Nein, so wollte und konnte ich nicht
weiterleben.
In Tränen aufgelöst trauerte ich, mehr um unsere
glückliche Zeit, als um den mir vertrauten und dennoch
fremd gebliebenen Alten.
Am nächsten Tag schon, eröffnete mir Ture feierlich,
von nun an einen täglichen Ausritt, mit Ihm, nur mit Ihm zu
unternehmen. Somit hatte sich doch einiges geändert.

Von dem Tag an bestürmte er mich mit Aufmerksamkeit.
Ich sollte die neue Situation genießen.
Doch er klammerte, wie ein Ertrinkender. Er verfolgte mich
mit feurigen Blicken.
Oh - je, er ist verliebt wie ein Teenie, was soll mir das?
Er bestaunte mit mir Blumen, die er vorher achtlos
zertreten hatte. Es verlangte ihn gar meinen langen Zopf zu
flechten.
Während der Ausritte und an den langen Abenden, die er
neuerdings ausschließlich bei mir verbrachte, erzählte er
mir aus seinem wilden Leben. Er sprudelte übermütig wie
ein Schulbub, die unglaublichsten Anekdoten hervor.
Wenn ich auch nicht alles verstand, was er mir treuherzig
offenbarte, so spürte ich doch, dass er nach Anerkennung
lechzte.
„Oh, du warst ein wilder, böser Bube, doch du hast dich
nicht geändert, bist nie vernünftig und erwachsen
geworden," bemerkte ich kopfschüttelnd.

„Doch - ich habe jetzt die Erkenntnis erlangt. Ich werde mich ändern und von Stund an nur noch für dich da sein!"

„So - so, du willst also künftighin auf eure Raubzüge verzichten!"

„Nun, dieses eine Vergnügen musst du mir noch zugestehen. Die Jungens lechzen nach Abenteuern."

„Ja freilich, zieh nur, ich bin doch keine Spaßbremse," schmunzelte ich spitzbübisch, in Erwartung auf etwas Freiheit, während seiner Abwesenheit.

Im Grunde hatte auch er nicht mehr, aber auch nicht weniger Laster, als all die anderen.

Ein grober, ungehobelter Klotz, selbstherrlich, dominant, listig berechnend - großspurig und herrisch.

So jedoch, hatte er mich nie beeindrucken können.

Doch mittlerweile war eine andere Seite in ihm zum Vorschein gekommen. Bisweilen entdeckte ich sogar einen gewissen Charme zwischen seinem Macho Getue, bis hin zur Eitelkeit.

Ein flüchtiger, romantischer Liebeshauch, der mich zwar rührte, aber nicht berührte. Eingewebt in melancholisch, unwirkliche Grotesken. Wenn jedoch die Sinne gefrieren, Emotionen erdrücken, bleibt nur mitleidiger Unmut, bis hin zum Überdruss, gespielte Gefühle heucheln zu müssen.

So bleibt nur Schmerz, Verzweiflung und Hoffnungslosigkeit.

Verabscheuung war einer tristen Gleichgültigkeit gewichen. Eine Leere, die mich betäubte und jegliches

Aufkeimen sinnlicher Gefühle abschmetterte. Bis ich vor Unbehagen, meinen Unmut kundtat, was letztlich seinen Zorn hervorrief.

„Das Weib hat sich zuzufügen, es ist das Eigentum des Mannes," pflegte er mich grollend, bei solchen Gelegenheiten zu belehren.

„Dennoch vermag ich es nicht, dir ein Leides anzutun oder dich gar zu töten", bekräftigte er. „Ich kann auf Knien vor dir kriechen, dich anbeten, mich zum Narren machen, allein es genügt dir nicht. Was ist es, was er hat, dass ich nicht habe?"

„Nun, du magst wohl listig und gerissen sein, er aber ist klug - abwägend und lebenserfahren, ein Herr, gütig, geduldig und tolerant - der Mann, der an meiner Seite bestehen kann. Er lässt mich sein wie ich bin."

Und dennoch dauerte Ture mich, denn war er nicht bodenständiger, ehrlich bemüht und zuverlässig? Er weis nichts, außer seiner beschränkten Sicht auf die Welt - weis nichts von dem Jet Set der neuen Zeit. Würde niemals die Glitzer und Glamourwelt der High Society erleben. Wer wird seine vielen Fragen beantworten und Ratschläge erteilen, wenn ich nicht mehr bin? Mein gezähmtes Ungeheuer. Ich sollte nachsichtiger mit ihm sein.

Ich ersehnte den Aufbruch eines neuen Raubzuges. Die Vorbereitungen zu einem Überfall, nahmen auch Ture voll in Anspruch.

Endlich war es soweit. Die Truppe stand wartend versammelt, begierig nach einem neuen Abenteuer lechzend.

Aller Augen waren nun auf den Hauptmann und dessen Start - Signal gerichtet. Der jedoch tat sich schwer, mich aus seinen Pranken zu lassen. Nach unzähligen plumpen Liebesbeteuerungen, Schwüren und Ermahnungen.

„Achte auf dich, du hast jetzt keinen Beschützer mehr", waren seine letzten Worte, bevor er sich zögernd auf sein Ross schwang.

„Ach was soll mir schon geschehen," rief ich ihm winkend hinterher.

Die Truppe setzte sich in Bewegung. Erleichtert aufatmend, seufzte ich auf, als ich sie endlich von dannen ziehen sah. Mit ihnen zog auch mein Liebster, von dem ich einen letzten innigen Blich erhaschte, der mein Herz bis ins Innerste traf und erwärmte.

Ture hatte mich keineswegs allein zurückgelassen. Er hatte gut vorgesorgt. Im Haus werkelte jetzt, eigens für meine Bequemlichkeit eingestellt, ein junges Sklaven Pärchen, das mir ergeben zur Seite stand.

Kap. 15: Land unter

Nachdem Ture in seinem Größenwahn, von Justin verlangte, ihm ein ebenso prächtiges Steinhaus, wie das im Tal am Berge, zu bauen, zog Justin aus, um nach einem ergiebigen Steinbruch Ausschau zu halten.
Denn der Steinbruch in der Nähe, war erschöpft und gänzlich ausgebeutet. In Wahrheit hatte er längst einen ergiebigen Steinlieferanten ausgemacht.
Er sollte nicht Justin sein, wenn er Ihn nicht schon lange ausgekundschaftet hätte. Und somit seine Zeit anders nutzten konnte.
Schon lange plante er einen notwendigen Trip durch das Zeitentor, um sich mit modernen Utensilien, wie Schrauben, Handbohrmaschine und diversen Hilfsmittel auszurüsten. Ebenso lockte es ihn, bei der Gelegenheit, einen ausgiebigen Abstecher in das 22. Jahrhundert zu unternehmen.
Im Zeitenkanal begrüßte er wie immer Robby, den Zeitenlenker, um ihm seine Milliarden Jahre alten Gelenke zu massieren und Ihm mit feinstem Maschinenöl zu füttern. Robby - die älteste künstliche Intelligenz. Manchmal glaubte er, ihn wissend nicken zu sehen.
Oh - gewiss hatte er mehr auf Lager, als alle für möglich hielten. Er versäumte es nicht, ihm abschließend,

freundschaftlich auf die Schulter zu klopfen.

„Auf ein neues Jahrtausend alter Junge", rief er, bevor er in die neue Zeit trat.

Er charterte sich einen Flieger, um keine Zeit zu verlieren und richtete sein Ziel zunächst gen Westen. Später wollte er in die südliche Richtung, in seine ursprüngliche Heimat, nach seinen Ur und Ur - Urenkeln Ausschau halten.

Tief unter sich erkannte er die Elbe an ihrem typischen Lauf. Doch jenseits des Stromes sah er...   Nein das ist nicht möglich. Das Grauen packte ihn.

Die Vegetation veränderte sich mit jeder Flugmeile.

Bis er schließlich die Gewissheit erlangte, dass sich dort von Brandenburg über das Magdeburger Land eine riesengroße Wüstenlandschaft gebildet hatte, die sich bis an den Thüringer Wald zog, um allmählich in gesunden Bewuchs überzugehen.

Westlich zeigte sich erst am Harz Rand, dass erste zaghafte Grün, zwischen abgestorbenen Baumstümpfen.

Ein verheerender Anblick, totes Gehölz, soweit das Auge reichte.

Die stolzen Höhen der Berge, waren nur noch mit abgestorbenen Gerippen bestückt, klaglos - elend verdurstet, die ihre nackten Arme flehend gen Himmel reckten.

All die vielen kleinen Dörfer dazwischen, waren verlassen - vertrocknet. Eine gelbbraune Einöde - wie eine Mondlandschaft anzusehen.

Sandstürme peitschten das Land, pusteten morsches Gestrüpp durch die einsamen Straßen, wie in einem Horrorfilm. Doch das war keine Utopie, sondern Wirklichkeit.

Nur in den Großstädten, pulsierte noch Leben.

Ihm schauderte, bei dem Gedanken, Carla von ihrer verlorenen Heimat berichten zu müssen.

Aufgewühlt und zutiefst erschüttert, trieb es ihn nun in den Norden, an die Küste.

Von einem bösen Verdacht getrieben, nahm er Kurs auf Hamburg. Doch er fand es nicht.

Zunächst glaubte er, sich verflogen zu haben.

Denn urplötzlich mündete die Autobahn unter ihm im Meer. Doch nicht erst in Flensburg, Hamburg, sowie die gesamte Nordseeküste, waren im Meer versunken.

Hochhäuser und Kirchtürme ragten gespenstisch aus den Wellen, als wäre dort das Weltenende.

„Die Erde wird bald gänzlich untergehen", würden die Menschen der Bronzezeit, bedenklich den Kopfwiegend, sagen.

Mein Gott, welche Irrung der Natur. Aber war es nicht der Mensch selbst, der diesen Zustand heraufbeschworen hatte? In seiner Sucht – dem ewigen Streben nach Vollkommenheit, Bequemlichkeit - nach immer mehr Luxus, Sauberkeit, alles aus Kunststoff, klinisch rein zu verpacken! Mit neuen Fabriken und immer noch schnelleren Fortbewegungsmitteln, aber das Gegenteil von

Vollkommenheit und einer heilen Welt bewirkten und diese verheerende Verstümmelung damit verursachten. Lebende Fleischfabriken, wie Massenviehzucht, unglaublichen Ausmaßes, die ungeheure Futtermengen, keimtötende Arzneien und zusätzlichen Strom und Wasser benötigten.

Gewaltige Kraftwerke bliesen ihre schädlichen Gifte in die Atmosphäre, erwärmen das Klima und zerstörten somit den eigenen Lebensraum.

Oh wie glücklich kann er sich schätzen, von alldem so viele Jahrhunderte entfernt zu leben. In seiner Welt, der Wahrhaften - Ursprünglichen - der Unwissenden.

Er würde sein Volk im Tal am Berge, welches stetig wuchs und sich vermehrte, in eine sichere Zukunft führen. Wohlwissend, mit klarem Blick, die Sünden der Zukunft vermeidend. Doch zuvor galt es, die mörderische Bande, diesen Abschaum der Menschheit, die ihn hinderten, sein Werk zu vollführen, zu vernichten und in sein Reich im Tal am Berge zurückkehren, wenn der Zeitpunkt dafür gekommen war. Auch spielte er mit dem Gedanken sich zu verjüngen. Doch um Carla nicht zu erschrecken, verschob er sein Vorhaben auf später.

Mit ihr zusammen, wollte er den Weg in die Ewigkeit antreten. Wobei ihm, wie zu allen Zeiten nur noch Günter, der verhasste Rivale im Wege stand.

Der Gedanke beflügelte ihn, umgehend den Heimweg anzutreten. Zwei Tage der kostbaren Zeit, waren bereits vertan.

Auf dem Rückweg gewahrte er die Hektik auf den Straßen. Wie nie zuvor, nervte und widerte ihn dies alles an und verursachte in ihm ein Gefühl, tiefsten Abscheu gegen die überdrehten Geschöpfe seiner Spezies, die nie zufrieden, immer noch nach Höherem strebten und doch längst wussten, dass Sie ihre Welt selbst vernichteten.

Dennoch konnte er nicht widerstehen, in einem vier Sterne Restaurant einzukehren und ein erlesenes drei Gänge Menü zu verzehren, bevor er wieder in die alte Zeit eintauchen würde.

Ein köstlicher Zauber für Augen und Gaumen, exzellent, diese abgerundete, raffinierte Würze.

Das Fleisch und der Fisch, schmeichelten seinem Wohlbefinden und zergingen auf der Zunge. Der Salat - ein exotischer, bunter, erfrischender Gaumenschmaus.

Und erst das Dessert, süß und lieblich - hm.

Der Wein - ein Gedicht, süffig und vollmundig.

Wie lange schon hat er nicht mehr so köstlich getafelt?

Zucker, viel Zucker ist es, was das Leben versüßt.

So wie erlesene Gewürze, waren es die fehlten.

Avocados, Ananas, Kiwi, Tomaten und Kartoffeln, müsste er unbedingt von seiner Reise mitbringen, das jedoch wäre verräterisch. Aber Konserven, Zucker und Sämereien aller Art, für den eigenen Anbau für Carla. Damit würde er ihr gewiss eine große Freude bereiten.

Sein Herz machte Freudensprünge, als er sie so allein, zart
und beschützenswert - zerbrechlich in der heißen Sonne
stehen sah, von erbarmungslos, grellem Licht übergossen.
Weis Gott, der Glanz der Jugend war längst erloschen.
Feine Falten zeigten sich um Mund und Augen. Was jedoch
ihrer Lieblichkeit und Anmut keinen Abbruch tat.
Eher verstärkten sie noch ihren Reiz, ihre Ausstrahlung.
Ein Seufzer der Erleichterung, löste sich aus seiner Kehle.

„Oh Justin, da bist du ja endlich. Ich habe dich so vermisst.
Ich dachte schon du wärst…   Hier im Lager bin ich nur von
törichten Frauen umgeben, die von stetem Genuss von
Rauschgiften, wie Tollkirsche, Bilsenkraut und Schlafmohn
verblödet, kränklich und frühzeitig gealtert sind. Besonders
die Älteren, unter ihnen, jenseits der Fruchtbarkeit,
scheinen von Opiaten aus Schlafmohn zugedröhnt."
„Sieh nur wie sie taumeln. Zudem sind mir die meisten von
ihnen nicht wohlgesonnen!"
„Nun ja – das ist die Folge des ungeordneten Systems.
Sie sind unzufrieden, fühlen sich unnütz. So mögen sie sich
benebeln. Darauf habe ich keinen Einfluss," tat er die
unangenehme Angelegenheit ab.
„Aber Schätzchen, glaubst du etwa, ich könnte dich
verlassen?" Griff er meine Frage auf.
„Schau nur, was ich aus meinen alten Beständen in
meinem Lager aufgetrieben habe," flunkerte er.
Denn er konnte ja nichts von seiner heimlichen Reise durch
das wieder zugängliche Zeitentor, preisgeben.

Die Frauen näherten sich neugierig und begannen aufgeregt zu tuscheln, als er mir nun in meine Behausung folgte. Geschäftig leerte er stolz den Inhalt seiner Reisetasche. Staunend bewunderte ich die Dinge, die zum Vorschein kamen. Zucker, feines Mehl und allerlei, solange vermisste Gewürze und zu meiner größten Freude, viele ersehnte Sämereien, Gemüse und Konserven.

So konnte ich, hier unbekanntes Gemüse anbauen und weiter züchten. Zumal der kurze, nahezu frostfreie Winter, abrupt in den Sommer mündete, war das Durschnittklima, ungewöhnlich mild. So konnte ich sicher sein, dass Melonen und andere Exoten gedeihen und eine willkommene Bereicherung auf dem Speisezettel bedeuten würden.

Happy, steckten wir die Köpfe zusammen, in Betrachtung der neuen unzähligen Mitbringsel.

Eine alte Vertrautheit hatte sich wieder eingeschlichen.

„Meine letzten Überbleibsel aus der Zivilisation, habe ich so gut versteckt, dass ich sie selbst nicht wiederfinde," bekannte ich kichernd. „Nun kann ich endlich wieder nach Herzenslust Wirken, wie es mein Leben lang zu meinem Alltag gehörte. Keiner wird mich daran hindern," fügte ich befreit aufatmend hinzu.

„So soll es sein. Ich werde dir einen kundigen Sklaven zuteilen, der die Scholle für dich umgräbt," bestärkte mich Justin schmunzelnd in meinem Vorhaben.

Wohlgemut verstaute ich meine neuen Schätze in einer

Kiste. Während Justin sich neugierig umzusehen begann.

„Meine Güte, diese düstere Bude ist fürwahr deiner nicht würdig. Wie kannst du hier nur leben?"

„Ja - weis Gott, das frag ich mich auch täglich," entgegnete ich und zog ihn hinaus in die Sonne.

Dort standen noch immer die Frauen.

Aufgebracht, maßen sie uns mir strafenden Blicken, angesichts des unziemlichen Geschehens, der Unsitte, das sich vor ihren Augen abspielte.

„Was glotzt ihr so dämlich. Es wird euch doch nicht einfallen, uns zu denunzieren, Unfrieden herauf zu beschwören und somit Unheil zu verursachen!"

„So kläre ich euch hiermit auf: Sie, die hohe Dame, wird mich künftighin begleiten, mir beratend zur Seite stehen, bei meinen neuen Aufgaben - eine Luxusvilla für den Hauptmann und seine aeh - nun ja, dieser Edelfrau, zu gestalten."

„Oh je - das hättest du nicht sagen dürfen. So bringst du sie nur noch mehr gegen mich auf," flüsterte ich.

Achselzuckend, wendeten sich die Frauen beleidigt ab.

Sie hatten kaum etwas von Justins hochtrabenden Ausführungen verstanden. Während wir Arm in Arm in Richtung des Sees ausschritten.

Leichtfertig begleitete ich ihn auf unsere verträumte kleine Insel, mitten im Moor. Alles war so leicht und unwirklich.

Begierig, bisweilen ungläubig staunend, ausgehungert nach Neuigkeiten aus der realen Welt, zog mich der in Rhetorik geübte Erzählkünstler bald in seinen Bann, so dass ich Zeit und Raum vergaß. Zeit war unwichtig, spielte keine Rolle. Noch war ich frei, zu tun was mir beliebte.

Ungläubig, was er mir die folgenden Stunden alles offenbarte, hörte ich zu.

Zunächst pries er die Vorzüge, die unser hiesiges Leben boten. Was mir ein unwilliges Kopfschütteln abverlangte.

Unbeeindruckt von meiner Reaktion, griff er sodann, weit in die Zukunft, als wäre sie ein Spaziergang in eine utopische Zeit, von der ich nichts wusste.

Einer Zeit, die mir fremd und unheimlich war.

Weiter schilderte er in brutaler Grausamkeit, Einzelheiten, die mich erschauern ließen:

„So wird es dich gewiss nicht beglücken, in unsere Realzeit zu gehen, sei es auch nur für einen kleinen Abstecher. Zu schmerzlich wäre die Zerstörung und Vermüllung, die du erleben wirst. Zudem gibt er keine Verwandten noch Bekannte. Denn alle waren lange – so lange schon begraben. Selbst ihre Grabsteine wirst du vergeblich suchen. Oh, es wäre niederschmetternd, all dies sehen zu müssen."

„Hochhäuser und Fabrikruinen, griffen hilfesuchend gen Himmel. Aus düsteren Kellerlöchern, kamen nach und nach, immer mehr zerlumpte menschliche Wesen gekrochen, glotzen mich ungläubig mit blöden Augen an. Unterdrückt und der totalen Kontrolle von Oben, unterworfen."

„Du musst wissen, dass - das Geschehen auf der Erde nur mehr von künstlicher Intelligenz, also den Zentralcomputern und einigen wenigen Mächtigen - Superreichen - Privilegierten, von Oben gesteuert wird. Was den geistigen Zustand der Unterschicht anbetrifft, sind sie den Steinzeit und den Bronzezeitmenschen unterlegen, denn das Denken und Streben ist ihnen verloren gegangen. Nach dem Verlust sämtlicher medialen Verständigungsmitteln. Wie etwa Smartphon, Internet und Fernseher - die ihnen nicht zugänglich sind, sinken sie auf den Stand der Urzeitmenschen."

„Wir wissen ja schon lange von den Versuchen, künstliche Intelligenzen zu schaffen, nun gut. Doch was mir horrendes zugetragen wurde, ist so ungeheuerlich, dass ich es zunächst nicht fassen konnte: So sind es Mensch – Tier Experimente."

Er berichtete von Versuchen, Zentauren und Hybriden zu erschaffen, wofür auch immer.

„Es ist nicht zu glauben, aber die Versuche zeigen Erfolge. Sie tragen bereits Früchte. Ich selbst habe die berüchtigten Tiermenschen gesehen. In unterschiedlichen Erscheinungsformen, teils mehr Mensch als Tier mit Sprachvermögen, jedoch mit dem Körper einer Riesenratte. Andere wiederrum, verfügen über eine menschenähnliche Statur, wohl aber mit dem Kopf eines Raubtieres."

„Wow, wie gruselig," schüttelte ich mich vor Unbehagen.

„Ja, das ist mehr als nur gruselig," bestätigte er.
„Weiter registrierte ich den Beginn einer endlosen Wüste.
Es ist ja bekannt, dass der Meeresspiegel ansteigen wird
und den größten Teil der Erde verschluckt."
„Die Erderwärmung und die dadurch ausgelöste
Trockenheit und Dürre, lässt Wüsten entstehen und
schmilzt die ewigen Eispole, so dass der Meeresspiegel
ansteigt. Und einen gewaltigen Teil der Erde
überschwemmt. Einige Länder versinken gänzlich im Meer.
Die unnatürliche Hitze, verändert den Rhythmus und
Ablauf, verstärkt und beschleunigt das Geschehen.
Unsere Erde wird bald unbewohnbar sein…"
„Das alles hast du gesehen? Aber wie ist das möglich?"
„Nun, ich habe es mit eigenen Augen gesehen und erlebt.
So wisse, diese Zeit ist gewiss nicht erstrebenswert.
Hier und heute ist es noch wert und möglich dem
Wahnsinn vorzubeugen, mit Vernunft und wachen Sinnen,
klug zu leiten und wissend zu taktieren."
„Glaub mir, du bist bei mir in besten Händen!
Ich kann dir alles bieten was du so lange schon ersehnst.
Doch das Warten wird mir zu lang. Du musst dich jetzt
entscheiden."
„Für dich würde ich das Tor der Zeiten wieder öffnen, doch
nur für dich! Betonte er. Das kann ich jederzeit, sollst du
wissen. Ich warte nur auf ein Zeichen von dir, bedenke,
dass Für und Wider!"
„Was für ein Zeichen?" Fragte ich naiv.

„Nun – dass du bereit bist, dich zu trennen und den lästigen Günter endlich beseitigen zu lassen."

Ich schnappte entsetzt nach Luft.

„Oh - du greifst zu harten Bandagen. Ich soll einen Meuchelmord gegen Luxus und Freiheit eintauschen?"

Er ist total übergeschnappt, dachte ich.

Doch das Zeitentor lockte mich unwiderstehlich.

Ich wägte kurz das Für und Wider ab. Wer weis was noch alles geschehen kann. Am Ende wird womöglich Er es sein, der das Nachsehen hat.

Ich dachte an die unerfüllten Sehnsüchte und Hoffnungen, die vielen Träume die Ture mir nahm.

Er wird mich eines Tages töten, war mir klar.

Ich ging durchs Feuer und endschied mich.

„Ja, so soll es sein," pflichtete ich ihm trügerisch bei.

„So ist es recht. Du wirst es nicht bereuen, diesen Schritt mit mir zu gehen, durch die Wirrnisse der Zeit.

Wir beide werden am Ende übrigbleiben, du und ich.

Wir sind es, die zusammengehören, um ein neues göttliches Geschlecht zu erschaffen."

Klug, Edel und wissend mit klarem Blick die Sünden und Fehlentscheidungen der Zukunft meidend, sprach er aus, was er bisher nur gedacht.

„Möglicherweise werden wir einstmals die letzten und gleichermaßen die Ersten sein ... und die Sonne putzen Ha - ha, der letzte räumt die Erde auf."

„Du wirst dann als mächtige Göttin die Menschheit neu erschaffen. Die zweite Garnitur Gottes!"

„Nun ja, zunächst werde ich...   also mein dringendstes Vorhaben ist, alsbald die Bronzezeit zu beenden und eine neue Zeit einzuleiten. Ich werde auch derjenige sein, der das Eisen erfindet und später den härtesten Stahl schmiedet."

„So werde ich die feinsten Waffen und Werkzeuge, robust und präzise herstellen und zu Weltruhm gelangen.
Und dann..."

Ich hörte seinen Spinnereien nicht mehr zu. Mir schwirrte der Kopf. Jetzt wollte ich allein sein, um alles gründlich zu überdenken.

Oh – je, was habe ich mir nun wieder aufgebürdet?

Das alles übertraf all meine Vorstellungskraft, es rauschte und hämmerte in meinen Ohren, ich glaubte wahnsinnig zu werden. Ich begann zu laufen, lief wie gehetzt in meine Unterkunft. Zum Glück war ich dort nicht ganz allein.

Meine Dienerin, Alina, empfing mich mit besorgten Blicken.

Versunken in meiner Beschäftigung, spürte ich eine
Erschütterung unter den Füßen. Wie ein leichtes Erdbeben,
kündigte sich die Heimkehr der Truppe an.

Verschwitzt erhob ich mich aus meiner gebückten Stellung,
reckte meine lahmen Glieder und blinzelte gegen die
Sonne. Mit wirrem Haar, schmutzig von der Arbeit in der
geliebten Erde, warf ich die Harke, hastig von mir.

Ich stand abseits von den herbeigeeilten Frauen, die den
Empfang der Heimkehrer nicht verpassen wollten, als sie in
Sicht kamen.

Eilig rieb ich mir mechanisch den Staub von den Händen
und strich mir das Haar aus dem Gesicht.

Zwei von Ihnen waren es, deren Augen bei meinem Anblick
zu strahlen begannen.

Beide Männer zu vergleichen war unmöglich. Der Kontrast
war zu groß. Als vergleiche man einen Rosenstock mit
einer Diestel, oder einen Tafelapfel mit dem giftigen
Stechapfel.

Ich jedoch mochte nur den Einen sehen. Nur Ihn
willkommen heißen.

Er jedoch, wurde von dem anderen abgedrängt, wie ein
Stück Vieh.

„Oh mein Gebieter, ich habe dich noch nicht erwartet",
stammelte ich verlegen, „aber sieh nur, was ich für uns
geschaffen habe. Eine frische Saat mit köstlichen

Schlemmereien, habe ich in die Erde gebracht.

Warte es nur ab, bis sie wachsen und reifen, du wirst staunen," fügte ich stolz hinzu und wies auf die Beete.

Doch anstatt Freude zu zeigen, verzog sich sein Gesicht zu einer bösen Grimasse.

„Ich dulde es nicht, dass mein Weib, die höchste Dame meines Stammes, sich zu derart niederem Dreckwühlen, herablässt!" Polterte er wutschnaubend.

Um seinen Unmut gebührend auszudrücken, lenkte er sein Pferd, demonstrativ auf den frischen Acker.

So zertrampelte er, die mit so viel Herzblut, Sorgfalt und Erwartung von mir angelegte Beete. Wieder und wieder, zog er wie von Sinnen, seine vernichtende Bahn.

Erdklumpen flogen auf und vervollständigten das Bild der Verwüstung.

Der Schock traf mich unvorbereitet.

Fassungslos zunächst, doch mit wachsender Empörung, starrte ich erschüttert auf mein zerstörtes Werk und den verrückt gewordenen Wüstling, ehe ich in Tränen ausbrach und in einem Weinkrampf geschüttelt zusammen sank.

Alle Anwesenden die dieses Schauspiel verfolgten, hielten erschrocken die Luft an.

Sein Wutanfall endete so plötzlich, wie er begonnen und wandelte sich augenblicklich in Mitleid.

Die Truppe hatte indes, beschämt die Flucht ergriffen.

Reumütig hob er mich auf.

„Verzeih mir mein Liebchen. Der Teufel hat mich geritten.

Aber das geht nun wirklich nicht, dass musst du doch verstehen. Bei allen Göttern, will ich nichts verursachen, was dich kränkt und verstummen macht," beteuerte er zerknirscht.

Das jedoch konnte ich ihm nicht verzeihen.

Eine nagende Todessehnsucht überfiel mich wieder, mit meinem Liebsten aus dem verhassten, sinnlosen Leben zu scheiden, denn nur der Tod kann uns noch vereinen.

Ich hatte meine Stimme verloren. Es nutzten keine Schmeicheleien, keine salbungsvollen Beteuerungen.

Ich blieb stumm und versank in tiefe Apathie.

Nichts kümmerte mich mehr, außer dem Verlangen nach einem Ende der Trostlosigkeit - endlich zu gehen, aus dieser Ewigkeit, die kein Ende ankündigte.

Doch ich wollte nicht allein vorausgehen und meinen Liebsten einsam zurücklassen.

Aber hätten wir nicht noch so viel Zeit bis zum Weltenende gehabt?

Ja - wenn wir niemals in die unnatürliche Zeit eingegriffen hätten, ganz zu schweigen, von der Begegnung mit dem verrückten Justin.

Zu früh zum Sterben, gleichwohl zu jung für die triste Eintönigkeit, sinnloses Dahinvegetierens, ohne Höhen und tiefgreifende Momente - Wallung der Emotionen, die ein Leben ausmachten. Nichts dergleichen bewegte mich noch. Einzig der Gedanke, Hand in Hand mit Ihm, dem

Einzigen, unserem Ziel den letzten Weg entgegen zu
laufen, um an seiner Hand - mit Ihm über den Rand der
Welt in eine andere Sphäre zu schweben.

Die meiste Zeit saß ich wie ein altes Mütterchen vor dem
Haus auf der Bank, die Ture einst selbst gezimmert hatte.
Längst hatte ich mich an die Droge gewöhnt.
Besänftigt durch meine tägliche Ration, einen Drink aus
Schlafmohn, wenn nicht ich, wer hätte sonst noch Grund
genug, sich zu besäuseln und der Wirklichkeit zu
entrücken.
Leicht benebelt - gleichgültig, doch nicht zugedröhnt.
Ich musste nur achtgeben, nicht zu viel der betäubenden
Droge zu konsumieren, um mein Ziel nicht aus den Augen
zu verlieren und den gegebenen Moment unserer
Erlösung, nicht zu verpassen. Doch gleichwohl fühlte ich
mich noch lange nicht, alt genug. Wie viele Jahre mochte
ich wohl zählen, 63, oder 68?

Das große Sommerfest der Sonnenwende stand wieder an.
Die Vorbereitungen zu diesem Anlass, waren im vollen
Gange. Ich wüsste gern, wie es je berechnet, von welchem
genialen Hirn, die genaue Sommer und
Wintersonnenwende bestimmt und festgelegt wurde.
Von diesen, dösig in den Tag hineinlebenden Zeitgenossen,
war es gewiss keiner. So konnte es nur der alte weise
Schamane gewesen sein, der altes Wissen von seinen
Vorfahren, gespeichert - in seinem Kopf bewahrte, doch

leider nicht viel davon weitergeben konnte.

Da er auf taube Ohren stieß. Dennoch muss es einen geben, der den genauen Zeitpunkt von dem Stand der Sonne abzulesen, imstande war! Vermutlich war es eine der alten Weiber, rätselte ich.

Ein köstlicher Duft, nach geschmortem Fleisch, erfüllte das Lager. Aus unzähligen Erdgruben stieg Rauch empor.

Ich hörte die Frauen singen und mit dem raubeinigen Männervolk scherzen, die in Vorfreude des Festes, sanft und Knabenhaft albern, bei bester Laune, das Feuer mit Nachschub versorgen.

Wie jedes Jahr, sollte den Göttern ein Menschenopfer dargebracht werden. Einer der Sklaven musste dran glauben. Dieses uralte, grausame Ritual, dass sich jährlich wiederholte, empörte mich zutiefst.

Die Todesschreie des ausgewählten Opfers, verfolgten mich tagelang bis in den Schlaf und bereiteten mir

grässliche Albträume. Wie all die anderen, hatte ich zur Feier des Tages, wie erwartet, mein schönstes Gewand, angelegt. Die Lure blies ihren heiseren Ton, als die Sonne langsam versank.

An der Hand meines Kerkermeisters, schritt ich dem Sonnenuntergang und der erwartungsvoll, versammelten Gesellschaft entgegen. Von ausgelassenem Gejohle der Männer empfangen.

Gönnerhaft, wies er mir den Platz neben sich.

Das ersehnte große Schauspiel, die Opfergabe, war aus Vernunftgründen, hinter das Camp verlegt worden.

Zumal ich noch immer nicht fähig war, diese Grausamkeit ohne Entsetzungsschreie zu ertragen. Während sich die meisten daran ergötzten.

Hoffnungsvoll blickte ich in die Runde, um einen Blick von meinem Liebsten zu erhaschen. Doch ich konnte ihn nicht unter ihnen ausmachen.

Sie warteten artig bis ich Platz genommen hatte.

Wie auf Kommando, erhoben sich die Versammelten auf einen Fingerzeig Tures, um das belebende Schauspiel, nicht zu versäumen.

Angeführt von zwei Recken, die das bedauernswertes Opfer, beidseitig mit Speeren traktierten und in Schach hielten, entfernte sich die erlebnishungrige Gesellschaft.

So führten sie Ihn zum Schlachtplatz.

Ich hörte den Verurteilten schnaufen - in Todesangst und Grauen wimmern. Wie auch mich das Grauen packte.

„Es wird nicht lange dauern, mein Liebchen," rief mir Ture noch zu, als er dem Zug folgte.

Ich nickte und schloss beklommen die Augen.

Die Zeit vergeht schneller wenn man träumt.

Ich fantasierte mir meinen Liebsten hierher. Als ich wieder aufsah, stand er plötzlich da, wie eine Erscheinung aus dem Wunderland.

Wir stürzten einander entgegen und fielen uns in die Arme. Happy bargen wir unsere Köpfe und lehnten Schläfe an Schläfe dicht aneinander.

„Oh mein Lieb, wie habe ich dich vermisst," hauchten wir gleichzeitig. Glückselig wiegten wir uns wie im Tanze, den köstlichen Moment auskostend und verloren uns in hundert Küssen, einen Moment Zeit und Raum vergessend.

Doch wir wussten beide, dass uns nicht viel Zeit blieb.

„Es ist Zeit zu gehen Liebste", murmelte er unter Tränen. „Wir werden uns selber von dieser Welt befördern, wenn wir es nicht mehr ertragen können. Nicht ohne Reue und Bedauern - doch wie?..."

„Der Turm wird es sein, der uns von unseren Qualen erlösen wird. Du bist also auch bereit mit mir den letzten Weg zu gehen!"

„Oh ja – ja ich bin bereit. So gib mir ein Zeichen, wenn es so weit ist, werden wir unsere letzte Stunde gemeinsam beenden."

Eng umschlungen, nicht fähig uns voneinander zu lösen, fand uns Ture, als er von Unruhe getrieben, plötzlich vor uns stand.

„Auseinander ihr Sünder," brüllte er zornbebend und richtete drohend sein noch blutiges Schwert auf uns.

„Ok, ok. Ich räume freiwillig das Feld. Sorry - du hast

gewonnen du Teufelsbrut," spie mein Liebster hasserfüllt, seine letzten Worte heraus, bevor er mich mit einem letzten gequälten Blick freigab und sich mit langen Schritten entfernte.

„Ergreift ihn, führt ihn ab - in die Folterkammer. Ich selbst werde ihm die Zunge und die Lippen abschneiden!" Wütete Ture außer sich.

Doch keiner der Krieger rührte sich. Beschämt und verstört, verharrten Sie auf ihren Plätzen.

„Ach, es reicht auch, für heute hatten wir genug Spaß und Aktion," brummte er, um sein Gesicht zu wahren.

„So lasst uns nun zum gemütlichen Teil des Tages übergehen. Füllt die Becher Mädels und tragt auf, ich bin am Verhungern."

Mein jetziges Dasein bestand nur noch aus warten. Wo nur war Justin, der mir gerade jetzt als Bote behilflich sein konnte? Ich musste ihn alleine antreffen.

Die Gelegenheit ergab sich eines Tages, als Justin mir den seltenen, kostbaren Pelz eines Silbertigers präsentierte.

Was jedoch nur als Vorwand für sein eigentliches Vorhaben diente, mit den Worten:

„Ich wüsste nicht, wer sonst solch eines edlen Felles würdig wäre, wenn nicht Sie, die Edeldame!"

„Oh ja, bei allen Göttern, dass ist Sie, mein Augenstern, bestätigte Ture, heftig nickend.

„Doch ich bin in Aufbruch, ein unverschiebbares Treffen, Ich gebe dir 10 Minuten, dann bist du wieder verschwunden. Meine Sklaven garantieren es mir bei ihrem Leben", bellte er, ehe er aufbrach.

„Wie der Herr wünscht, ich habe nicht viel zu sagen", bemerkte Justin.

Er redete in aller Hektik, sprudelte herunter was noch zu sagen ihm unter den Nägeln brannte.

„Ich sprach doch schon von dem Überraschungsüberfall und der darauffolgenden Machtübernahme. Aber so einfach soll mir dieser verbrecherische Schurke nicht davonkommen. Ich habe mein Vorhaben gut durchdacht, Schätzchen. Hat er dir doch das Dasein zur Hölle gemacht und viele kostbare Jahre deines Lebens genommen!" Betonte er.

„Oh, mir ist gar nicht aufgefallen, dass du dich dermaßen um mich gesorgt hast," bemerkte ich ironisch.

„Ja freilich hat es mich genervt, dich so unglücklich zu sehen! Doch das hat bald ein Ende. Nun gilt es nur noch, meinen lästigen Rivalen - aeh - du weist schon - nun ihn über den Jordan zu schicken," fügte er hinzu.

Er sprach aus, was mich seit Tagen quälte und nicht mehr schlafen ließ.

„Wenn das vollbracht ist", sprach er weiter, als redete er von einer belanglosen Lappalie, „dann ist auch die Zeit gekommen, vollends die Macht zu übernehmen."

„Das Ende der Knechtschaft."

20 wackere, mutige Männer aus dem Tal am Berge habe ich bereits auf meiner Seite. Im Morgengrauen, in drei

Tagen soll es geschehen. Ein Überraschungsangriff, schwer bewaffnet mit MP, werden wir das Lager überfallen und sämtliche Krieger töten."

Justin der Pazifist, plant einen Krieg, dachte ich verwundert.

„Der Hauptmann allerdings bekommt eine Sonderbehandlung. Das wird mein größter Triumpf sein, ihn um sein erbärmliches Leben betteln zu sehen. Ich sehe ihn jetzt schon bibbern und flehen, wie er dich all die Jahre hat betteln sehen, um ein bisschen Lebenswürde.

Doch ich werde kein Erbarmen aufkommen lassen.

Erst werde ich ihm die Kniescheiben zertrümmern, er soll lange leiden und langsam sterben, dann..."

„Schweig - genug - kein Wort mehr," fuhr ich bebend auf.

„Aber - aber, seit wann bist du so zart besaitet?

So und nicht anders wird es sein. Das Ende ist der Beginn einer neuen Zeit - unsere Zeit. Sodann wird es kommen, wie es sein soll - unser Regime. Doch zuvor werde ich das Fenster zum Jenseits, sorgfältig verschließen und stattdessen, das Zeitentor wieder öffnen."

„Das Zeitentor will er öffnen, der Narr!"

„Merkst du nicht das er spinnt und fantasiert, mein Liebchen", mischte sich Tures Stimme, in Justins Erläuterungen. „Nun verschwinde er, säusele meiner Kleinen nicht mit solchem Unsinn die Ohren voll, troll er sich - es ist höchste Zeit für ihn zu gehen. Ich selbst werde das Zeitentor hinter ihm verschließen, Ha Ha," witzelte er, während er Justin energisch hinausdrängte.

„Komm nun meine Kleine. Komm in meine Arme,"
brummte er gutmütig, schalkhaft mir zublinzelnd.

Er hob mich und drehte sich mit mir übermütig im Kreise.

Bald jedoch, wurde er wieder Ernst.

„Der Kerl gefällt mir nicht. Eine böse Ahnung sagt mir - er
führt Böses gegen mich im Schilde."

Ich schwieg betroffen und betrachtete den derben Klotz,
sinnend. Mitleid wallte in mir auf.

Was ist sein Verbrechen. Ist er nicht nur gelenkt und
besessen von männlichem Besitzerdrang? Doch ist da nicht
mehr zwischen uns?

Urig, undressiert, durch und durch ein ganzer Kerl.

Das Sinnbild des Mannes. Mit bemerkenswert gewaltigen
Muskeln bepackt. Doch nicht in der Muckibude antrainiert.

Allein ein Schwert oder eine Lanze mit einer Hand zu
heben und gezielt anzuwenden, kostet enorme Kraft.

Er rührt mich, wie er so dasteht und zärtlich auf mich
herabschaut.

Er wusste nichts von der neuen Welt - der Zukunft, die mir
so erstrebenswert erschien.

Niemals würde er eine Kinoleinwand mit bewegten
Bildern, niemals einen Fernseher sehen. Er wusste nichts
vom Telefon und dem steten Computer, der das neuzeitige
Leben begleitete, von Smartphon und anderen gängigen
Verständigungsspielzeugen, ganz zu schweigen.

All das konnte ich ihm in leuchtenden Farben schildern,

doch es war mir nicht der Mühe wert.

Ich hätte längst eine erträgliche Beziehung aufbauen können, anstatt nur ständig mein Schicksal zu beklagen, vielleicht wäre es mir gar gelungen, ihm eine passable Esskultur beizubringen.

Ich stellte ihn mir im Frack oder knackigen Jeans vor, mit sauber gestutztem Rotbart - Cool, an einem glitzernden Porsche lehnend - lässig grinsend - mir den Schlag öffnend. Das weiße Hemd spannte und drohte zu bersten, über Brust und Bizeps, es war nicht gemacht für solch ein Urgestein, strotzend vor Kraft und Männlichkeit.

Etwas Furchtbares würde geschehen, stand im Raum -
lastete auf mir, war allgegenwärtig.
Von Sorge und Unrast gepeinigt, fand ich keine Ruhe mehr.
Nachts lag ich wach, von Skrupeln erdrückt.
Am Tag räumte und wütete ich im Haus, tat unnütze Dinge,
die eigentlich den Sklaven oblagen.
Wieder und wieder trat ich vor die Tür und fand doch nur
meine Wachen, gelangweilt auf der Bank dösend.

Drei Tage waren vergangen, seit Justins wahnwitziger
Offenbarung. Was hatte er gesagt? In drei Tagen sollte es
geschehen.
Der dritte Tag brach an. Die ersten grauen Schatten,
kündeten den neuen Morgen an.
In aller Frühe, Tore lag noch schnarchend im Tiefschlaf,
trieb es mich erneut hinaus.
Der Platz vor dem Haus war leer, die Wachen hatten ihren
Posten noch nicht bezogen. Stattdessen sah ich Justin im
Gebüsch lauern. Augenblicklich erhob er sich und gab mir
wild gestikulierend ein Zeichen, ihm zu folgen.
„Eil dich, die Zeit drängt, noch ruht das ganze Lager.
Mit etwas Glück, wird uns keiner bemerken.
Du läufst jetzt zu dem Turm. Ich werde Günter indessen
aus seiner Behausung locken, mit dem Vorwand, dich dort
zu treffen, zu einem heimlichen Rendezvous. Oh wie er

laufen wird, um dich zu sehen, ha, ha."
Heute endlich, werden wir ihn aus dem Weg schaffen,
dachte er, hämisch in sich hinein grinsend.
„Sodann wirst du ihn hinauf locken und ich werde ihn
hinabstoßen. Dann bist du für mich frei, denn nur mit dir
als Witwe an meiner Seite, hat alles einen Sinn!
Hernach werde ich fliehen und meine Truppe um mich
sammeln. Denn ich habe die Absicht, all die mordrünstigen
Kampfmaschinen und auch den Tore abzuknallen."
Auch wenn sein ersehntes Steinhaus nach meiner
Konstruktion mit stützenden Dachbalken von einem
Ebenmaß, wie gezaubert am Dorfausgang, verwirrend, wie
fehl am Platz, seine Sinne erfreut und auf seinen baldigen
Einzug wartet, so wird er dort jedoch niemals Einzug
halten. Denn darin werde ich wohnen - mit ihr...
Malte er sich aus.
„Wenn man auch dich, neben mir für Schuldig halten wird,
so sei sicher, dir wird nichts geschehen, denn der
Hauptmann allein hat die Befehlsgewalt zu strafen.
Mich aber wird er verfolgen und zu exekutieren trachten.
Da es sicher jemanden gibt, der uns zusammen gesehen
hat. So wäre er gleich zwei seiner ärgsten, hartnäckigen
Widersacher entledigt. Nun lauf schon, zögere nicht
länger!"
Heute - jetzt gleich soll es geschehen. Oh mein Gott, lass
alles so gelingen, wie ich es gedacht.
„Ich bin bereit, nein ich werde gewiss nicht zögern,"

hauchte ich.

Zwischen Büschen und Gestrüpp, sah ich eine Weile später Justin mit Günter, mir entgegeneilen.

„Sieh nur, dort wartet sie schon ungeduldig auf dich!"
Hörte ich Justin, meinem Liebsten heuchlerisch zurufen.

So werde ich ihm jetzt den Judaskuss geben.

Wortlos - benommen von der Nähe des anderen, erstiegen wir wie selbstverständlich, ächzend vor Anstrengung die Turmspitze, gefolgt von Justin, der sich in gewissem Abstand hielt.

„Hier werden wir bald..." Er sprach es nicht aus, das letzte Wort. Verlor sich stattdessen in melancholische Sinnereien, als er den Blick über das gewaltige Panorama unter uns, schweifen ließ.

„Keine 80 Meter weit von hier etwa, in 2000 Jahren wird dereinst das Schloss meiner Vorfahren entstehen.

In 3000 Jahren werde ich dort geboren und getauft.

Circa 30 Jahre später folgt das entsetzliche Blutbad - die Ermordung meiner Kinder. Was glaubst du, ob sich wieder alles genau so abspielen wird?"

Ich zuckte nur mit den Schultern, wusste keine beruhigenden Worte zu erwidern.

„Weitere 30 Jahre danach habe ich dich, mein Sonnenschein gefunden. Worauf unsere Hochzeit folgte. Ach wie glücklich waren wir, als unser Söhnchen geboren wurde. Doch das Glück war uns nicht hold, denn der geliebte Sohn, Spross unserer Liebe, verschwand zwischen den Welten," murmelte er in Gedanken versunken.

„Und schließlich der Sturz in diese Zeit, keine 40 Meilen westwärts von hier, im Tal am Berge. Welche mit der folgenschweren Begegnung der aufreizenden Circe, die alle Männer verhexte und die Frauen verschwinden ließ, begann und das Drama unserer endlosen Odyssee einleitete."

„Nun wird sich hier unser Schicksal vollenden. Denn es ist nicht unsere Zeit zu leben. Unsere Zeit wird sein..."

„Günter - Liebster, verlier dich nicht weiter in sentimentale Erinnerungen, dazu ist keine Zeit mehr. Justin naht, er brennt darauf dich hier hinabzustoßen, damit ich für ihn frei bin."

„Wie - was - Ihr beide plant ein Attentat auf mich, wollt mich aus dem Weg schaffen? Mein Gott, wie blind ich war, ich hätte es längst sehen müssen," brachte er fassungslos hervor und schlug sich an die Stirn.

„Nein, so ist es nicht, du darfst nicht glauben ..."

Justin hatte uns indessen eingeholt und baute sich frech vor uns auf. Jetzt ging alles sehr schnell. Er holte zum Stoß mit beiden Armen aus, setzte seine ganze Kraft ein und stieß ihn.

Ein Blick- ein verständnisvolles Zunicken zwischen uns - meinem Liebsten und mir genügte.

Unsere Finger griffen und fanden im selben Moment zueinander, blitzschnell ergriff ich seine Hand.

Ein fester Druck, ein letzter gequälter Blick voller Leid, in

die tiefste Seele das anderen.
Ein Sprung zur gleichen Zeit und ich flog, schwebte mit ihm in die Ewigkeit.

Im Tal der Berge

Ein alters Mütterchen das sich beim Beeren sammeln zu weit vom Lager entfernt hatte, stutzte plötzlich verwirrt.
Dort in der Erde rührte sich etwas. Voller Grauen und Entsetzen gewahrte sie, was nicht sein konnte.
Ein Grabhügel, aus dem eine Hand ragte. Die Hand bewegte sich und ein Kopf erhob sich aus dem Moder.
Sie hatte es wirklich gesehen und könnte Zeugnis geben, von dem Unfassbaren.
Sie rannte in Panik, verlor ihren Korb, verfing sich in Baumwurzeln, stürze auf einen Felsstein und verschied.

Mein erster Blick fiel auf den nahen Berg mit der Höhle... dem Zeitkanal, aus dem ich unwissend in diese versunkene Zeit getreten war.
Doch was war dann geschehen?
Nun - ich lebe. Was hatte ich nur für einen irrsinnigen Traum. Oder war es kein Traum?
Denn es ist kein weiches Kissen, auf dem ich erwachte.
Ein Grab ist es...
Sie war es, die schöne Circe, die mich hier verscharrte, im Glauben mich getötet zu haben. Doch ich lebe...
Oh wie niederträchtig, meinen vermeidlichen Leichnam heimlich zu verbuddeln.

Plötzlich hatte ich es wieder klar vor Augen.

Dieses kleine, skrupellose Luder, in der Gestalt eines Engels, Justins Brut, die er im Reagenzglas gezüchtet hatte, ist in Wahrheit eine Mordmaschine. Ein gefühlloses Monster, das mich aus Geltungstrieb, Eifersucht und Hass zu beseitigen trachtete.

Gerade träumte ich...

Oh ich hatte einen lebhaften, langen Traum, der damit endete, dass ich mit meinem Liebsten aus Wolkenhöhe, in den sicheren Tod gesprungen bin.

Welch ein Wahnsinnsgefühl, so zu schweben - flattern wie ein Vogel im Wind - in die Ewigkeit.

Doch die Erde erwartete uns erbarmungslos.

Der Aufprall hat mich erschüttert und aus tiefem Koma geweckt.

Sollte das - und das ungeheuerliche Geschehen zuvor, nur ein Traum gewesen sein?

© 2019 Charlotte Camp

Herstellung und Verlag: BoD - Books on Demand,

Norderstedt.

ISBN:9783751995917